LE SEIGNEUR DES ARBRES

ŒUVRES DE PHILIP JOSÉ FARMER
DANS PRESSES POCKET

La saga des hommes-dieux :
1. Le faiseur d'univers
2. Les portes de la création
3. Cosmos privé
4. Les murs de la terre
5. Le monde Lavalite

Mémoires intimes de Lord Grandrith :
1. La jungle nue
2. Le seigneur des arbres

L'odyssée verte
Le masque vide
Le privé du cosmos
Le jeu de la création (Grand Temple de la S.-F.)

SCIENCE-FICTION
Collection dirigée par Jacques Goimard

PHILIP JOSÉ FARMER

Mémoires intimes
de Lord Grandrith

LE SEIGNEUR DES ARBRES

Traduit de l'américain
par Martine Decourt

PRESSES POCKET

Titre original :
LORD OF THE TREES

ISBN : 2-266-03376-X

NOTE DE L'AUTEUR

Bien que mon éditeur insiste pour publier ce récit sous mon nom il s'agit en fait du Tome X des Mémoires de Lord Grandrith, revu par mes soins en vue de sa publication. J'ai cru bon de gommer les maniérismes très britanniques et les anglicismes de l'original pour faciliter la compréhension du lecteur.

J'ai également modifié la situation géographique des Cavernes des Neuf, à seule fin d'éviter à ceux qui partiraient à leur recherche de les trouver.

Philip José Farmer

Les Neuf ont dû tenir ma mort pour certaine.

Je ne sais pas si le pilote du chasseur à réaction m'a vu tomber ou non, mais dans l'affirmative il ne s'est apparemment pas soucié de venir y regarder de plus près. Il a dû penser que si l'explosion m'avait épargné, le plongeon, lui, me tuerait. Après une chute de quelque trois cent cinquante mètres, j'allais m'écraser comme une galette au large des côtes gabonaises, et au moment de l'impact la surface de l'Atlantique serait à peu près aussi souple que l'acier trempé de Sheffields.

Ce pilote ignorait probablement que certains hommes ont survécu à des chutes encore plus vertigineuses. Sinon il serait descendu en piqué au ras des vagues pour s'assurer que j'étais bien mort. En 1942, un Russe qui était tombé d'avion a dégringolé, sans parachute, 6 600 mètres plus bas dans un ravin plein de neige, et il en est sorti indemne. D'autres ont résisté à des chutes de 600 mètres et plus, dans la neige ou dans l'eau. Mais, naturellement, ce sont des cas d'exception.

Le pilote a dû se contenter de signaler que dès la première attaque mon bimoteur amphibie avait été réduit en charpie. Mitrailleuses calibre .50, roquettes ou autres, ses projectiles avaient frappé mes réservoirs de plein fouet. Les débris enflammés s'émiettaient en lambeaux épars. Et parmi ces lambeaux tourbillonnait mon corps.

Je revins à moi quelques secondes plus tard. Tout autour, ce n'était qu'un déchirement de bleu. J'étais glacé comme si le vent m'écorchait les entrailles. L'explosion m'avait coûté la plupart de mes vêtements et j'avais perdu les autres quand j'avais été éjecté du nez de l'appareil. Je tombais en vrille, droit vers la mer, bien que de prime abord j'aie cru être en train de tomber vers le ciel. Je fendais l'air en tournoyant comme une toupie, et dans mon champ de vision j'entrevis le jet argenté qui disparaissait du côté de la terre, loin des miettes flamboyantes de mon appareil, qui n'en finissaient plus de décrire de grandes arabesques.

Je vis aussi la frange d'écume éblouissante du ressac, les plages aveuglantes de blancheur et, au-delà, le tapis vert de la forêt vierge.

Ce n'était pas l'occasion idéale pour philosopher, mais si j'en avais eu le loisir je n'aurais pas manqué de relever l'ironie qui voulait que je meure à quelques miles à peine de l'endroit où je suis né. Si tant est que je meure, naturellement. J'étais encore bien vivant, et jusqu'à la dernière heure je me contenterai toujours de constater l'évidence. *Je suis vivant*.

J'avais dû parcourir une soixantaine de mètres quand je réussis à me déplier. J'ai longtemps pratiqué le saut en chute libre, tant par plaisir que par instinct de conservation et, l'expérience aidant, je parvins à me redresser et à me stabiliser pour ralentir un tant soit peu ma course, en présentant à l'air la plus grande surface de résistance possible. Sur les derniers quinze mètres je me positionnai à la verticale et entrai dans l'eau comme la lame d'un couteau.

Ma position était sans défaut. Ce qui n'empêcha pas le choc de me faire perdre à nouveau connaissance. Je me réveillai le nez et la gorge obstrués d'eau. Mais j'avais refait surface, et si je souffrais de fractures ou de froissements musculaires, je ne les sentais pas.

Plus aucune trace ni du chasseur ni de mon avion. Le ciel avait absorbé l'un; la mer avait englouti l'autre.

La plage se trouvait à environ un mile. Entre elle et moi se profilaient les ailerons d'au moins deux requins.

Il n'était pas très utile d'essayer de les éviter. Même en faisant un large détour, ils me sentiraient. Je nageai donc droit sur eux, non sans avoir pris la précaution de vérifier que j'avais toujours mon poignard. Mes vêtements n'avaient pas résisté à l'explosion mais mon ceinturon et son fourreau étaient toujours là. Ce poignard était une lame américaine de cinq pouces de long, excellente pour le lancer. Pour l'instant, je n'en avais pas encore besoin. C'est seulement quand un des ailerons vira dans ma direction que je dégainai mon arme pour la placer entre mes dents serrées.

L'autre aileron poursuivait sa route vers le sud.

Le requin aurait pu changer de cap par hasard, mais en le voyant forcer l'allure, je compris qu'il avait détecté ma présence. Son aileron crevait la surface; il pivotait sur la droite pour me contourner. Je continuai à avancer, en jetant de brefs regards en arrière. C'était un grand requin blanc, espèce connue pour s'attaquer à l'homme. Celui-ci se montrait prudent. Par trois fois il boucla un tour complet, avant de passer à l'attaque. Il se trouvait à environ sept mètres. Devant son rostre, l'eau bouillonna et il chargea, se dérobant à la dernière seconde, juste au moment où il allait m'emporter une jambe. Peut-être était-ce simplement une ruse pour tester la repartie d'une proie qui pouvait se retourner contre lui.

Les jambes à la verticale au-dessus de la surface, les deux mains soudées au manche du coutelas, je pris mon élan pour poignarder l'animal. La peau de requin est aussi dure que le cuir d'hippopotame, et couverte de petites aspérités cornées – des écailles placoïdes – qu'il suffit d'effleurer pour se déchirer l'épiderme. Ma seule expérience en la matière remonte à la Seconde Guerre mondiale, le jour où mon bateau fut coulé dans les eaux de l'océan Indien. Mon prétendu combat dans un lac africain avec un requin d'eau douce est dû à l'imagination parfois trop romanesque de mon biographe et n'est que pure fiction.

Heureusement, basculant les bras hors de l'eau, je conservai toute ma liberté d'action. Je me hissai jusqu'à la taille au-dessus des vagues et je plongeai, ma lame en avant. L'acier s'enfonça de sept bons centimètres dans l'œil cadavérique de l'animal. Le sang jaillit.

Le requin se dégagea d'une secousse, qui faillit m'arracher le poignard, et comme il prenait la fuite sa queue fouetta l'écume. Les rugosités de sa peau m'éraflèrent le ventre. Mon sang coula, et se mêla au sien.

Le mangeur d'hommes n'allait pas manquer de revenir à la charge. Même si la pointe du poignard avait foré un trou dans son cerveau minuscule, il était encore bien vivant, et l'odeur du sang allait le rendre fou.

Il fondit sur moi avec la rapidité et la détermination

aveugle d'une torpille. Cette fois je piquai une tête, et la distorsion géométrique des profondeurs se referma sur moi. Dans ce monde, la visibilité n'excède pas un mètre. L'ombre meurtrière surgit de la clarté glauque, et me manqua de peu. Je réussis à lui planter mon couteau dans le ventre, mais la lame ne pénétra que d'un pouce et le couteau m'échappa. Sans arme, j'étais perdu. Je me laissai couler et rattrapai le poignard juste avant qu'il ne sombre dans les ténèbres. A quelques mètres une masse blanchâtre se profila entre deux eaux. Une autre la suivait de près. Puis le sang fusa et un bouillonnement rougeâtre me dissimula les deux adversaires. Je m'éloignai avec le moins de remous possible, en espérant que le sang et le vacarme n'inciteraient pas d'autres requins à se joindre au carnage.

Je n'avais pas franchi un demi-mile que trois ailerons fendaient les vagues dans ma direction, mais les nouveaux venus n'avaient pas d'autre but que de suivre l'odeur du sang jusqu'à l'endroit où il coulait à flots, l'endroit où ça chauffait, comme disent les Yankees.

***

Midi était passé de quelques minutes au moment de l'explosion. C'est un quart d'heure plus tard selon ma montre que j'atteignis le rivage. Ma chute, ma rencontre avec les requins, et ce mile où j'avais battu tous les records de vitesse avaient entamé mes réserves d'énergie. Je traversai la plage en titubant, pour chercher l'ombre protectrice d'un buisson. A mon passage, des milliers de mouettes, de pélicans et de cigognes s'égaillèrent sans trop de panique. Sans doute les arrière-

arrière-arrière-petits-enfants des oiseaux de ma jeunesse. Je notai que la lagune prise en étau entre deux bancs de sable n'existait plus. Au fil des années, ajoutées à l'effet du courant de Benguela, les alluvions d'une rivière voisine avaient fini de la combler. La plage où je venais rôder dans mon enfance avait reculé d'environ deux miles à l'intérieur des terres.

La jungle, elle, paraissait inchangée. Aucun être humain n'était venu s'y installer. Le Gabon est encore de nos jours un des pays les moins peuplés d'Afrique.

A vrai dire le territoire occupé par le Parc national de Petit Loango ne mérite pas le nom de jungle. La véritable forêt équatoriale croît uniquement en altitude, vers l'intérieur. La brousse couvre tout le littoral, sauf ici, sur une irruption de collines arrondies qui sont l'anomalie la plus caractéristique de cette partie de la côte.

Chevauchant ces collines, s'avançait le large ruban de forêt vierge qui m'a vu naître. La Tribu s'y abritait autrefois, ainsi que des myriades d'animaux et d'insectes que j'avais appris à connaître dès mon plus jeune âge.

Je me reposai une heure avant de me remettre en route vers l'ancien campement de mes parents humains; lieu de ma naissance et de la première intervention des Neuf dans ma vie, au départ d'une trajectoire exceptionnelle dont les hauts faits ont été retracés par mon biographe d'une manière hautement romancée.

A cet endroit, la végétation est en tout point conforme à l'idée qu'un être civilisé peut se faire de la jungle, pour autant qu'il essaie de se la représenter. Idée fondée, évidemment, sur les images très peu réalistes de très mauvais films tournés à mon sujet.

Arme au poing, je me glissai dans la brousse, fouillis d'arbrisseaux et d'arbustes tropicaux. Même si ce n'était pas encore mon véritable environnement naturel, je me sentais au moins dix fois plus à mon aise qu'à Londres. Je suis toujours un peu à l'étroit en Angleterre, même dans la campagne pourtant relativement peu peuplée de mon domaine du Cumberland où la place ne manque pas pour se retourner. Les buissons bourdonnaient de l'activité des singes, grouillaient du surpeuplement des insectes, fourmillaient d'une abondance de serpents, de loutres, de mangoustes et de petits chats tigres ou de servals au long cou. Je vis un pangolin caparaçonné d'écailles s'enfuir précipitamment devant moi, et j'entrevis une créature à poil, peut-être un de ces prétendus « bébés-de-brousse ». Une multitude d'oiseaux coloriait les feuillages et emplissait l'air de cris rauques. Le vent chargé d'embruns qui soufflait de la côte et le décor familier me faisaient frissonner de plaisir. Il fait toujours bon rentrer chez soi.

J'approchais du site où mon père avait édifié ses cabanes de rondins quatre-vingt-deux ans plus tôt. Au nord, la mangrove s'était étendue. Sa lisière se dressait à un quart de mile à peine sur ma gauche.

Après quelques minutes de recherches, je trouvai les légers monticules qui marquaient le lieu de ma naissance. Autrefois sur cet emplacement s'élevaient une cabane d'une seule pièce et, juste à côté, un autre édifice de mêmes dimensions utilisé comme réserve. Ignorant les détails qui ne servent pas la rapidité de l'action, mon biographe a négligé l'existence de cette seconde construction. Mais dans la mesure où il a mentionné qu'un énorme chargement avait été abandonné en même temps que mes parents, le lecteur a bien dû se douter que tout ce matériel ne pouvait pas tenir dans un seul bâtiment.

Les deux cabanes en ruine disparaissaient sous le sable accumulé par le vent et la boue déversée par la digue qui entourait le site. La digue elle-même avait disparu, grignotée depuis longtemps par l'érosion. Un feu de brousse avait rasé la végétation qui s'y enracinait, puis les pluies avaient éboulé le remblai.

A deux mètres sous terre, devaient se trouver quatre tombes. Dans ce sol gorgé d'eau et infesté d'insectes, les squelettes en décomposition avaient été dévorés depuis longtemps.

Je savais à quoi m'attendre. A ma dernière visite, en 1947, les ravages de cinquante-neuf années avaient déjà commencé leur travail de destruction. Seule la nostalgie m'avait à nouveau conduit ici. Je suis peut-être infrahumain par certains côtés, je n'en suis pas moins suffisamment humain pour éprouver de l'attachement pour l'endroit qui m'a vu naître.

J'avais prévu de m'attarder quelques minutes pour évoquer le souvenir de mes parents, des deux autres morts enterrés avec eux, et des heures que j'avais passées dans ces cabanes avec les livres et les outils que j'y avais découverts en 1898, quand je ne savais pas encore ce qu'était un livre, un outil, ni même une date, et que je connaissais encore moins les mots utilisés pour les désigner en anglais ou dans n'importe quel autre langage humain. Et plus particulièrement je voulais me remémorer le jour où, pour la première fois, j'avais vu les longs cheveux blond cendré de Clio Jeanne de Carriol.

Elle n'était pas seule, évidemment. Ses deux compagnons étaient même les premiers mâles à peau blanche qu'il m'était donné de voir en dehors des livres illustrés de la réserve. Mais Clio était une femme, et j'avais vingt ans. Je n'avais d'yeux que pour elle. Je ne savais pas, et peu m'importait de le savoir, qu'elle était la fille d'un professeur d'université à la retraite, qui l'avait baptisée du nom de la muse de l'Histoire, et qu'elle descendait d'une famille de huguenots qui avaient fui la France après la révocation de l'Édit de Nantes, pour établir des plantations et des élevages de chevaux en Géorgie, en Virginie et dans le Maryland. Passé un périmètre d'une dizaine d'hectares, ma connaissance du monde se résumait à ce que j'avais essayé de grappiller dans les livres, et leur contenu me restait inintelligible pour les trois quarts.

Je suppose que je dus m'absorber dans mes pensées un peu plus d'une minute. Quand je me tournai vers l'est, alerté par un bruit inidentifiable, j'entrevis un éclair dans les arbres à environ cinquante mètres de moi.

Je plongeai dans une ravine. L'écho du coup de feu et de la balle qui s'écrasait au pied d'un arbre me parvint une seconde plus tard. Aussitôt trois grosses mitrailleuses et une meute de fusils automatiques balayèrent la brousse. A vingt mètres au nord quelqu'un cria, et une grenade explosa dans une gerbe de terre à l'emplacement exact de la réserve.

Je devais me sortir de là, et vite, mais pas question de bouger sans me faire couper en deux par le tir nourri de mes agresseurs.

Pour ce qui est de la conscience professionnelle, on peut compter sur les Neuf.

Ayant découvert que je quittais Port-Gentil en avion et que je me dirigeais sur Setté Gama, les Neuf, ou leurs agents, avaient présumé que je ne résisterais pas à la tentation d'un petit pèlerinage sentimental au Parc national de Petit Loango. En réalité je comptais y abandonner mon appareil pour gagner à pied les montagnes de l'Ouganda. La traversée du continent me prendrait un temps considérable, mais il valait mieux aborder les cavernes secrètes des Neuf par la forêt vierge. Dans la jungle, j'étais silencieux et invisible. Même les Neuf ne pouvaient pas me détourner de mon objectif – à moins d'un accident.

Je n'avais prévu ni leur chasseur pirate chargé de me rayer de la carte du ciel, ni cette embuscade. Logiquement, le pilote avait dû leur signaler le résultat positif de l'opération. Logiquement, ils auraient dû rappeler leurs soldats embusqués dans les broussailles. Mais les Neuf se moquaient bien de la logique, et je suppose qu'ils avaient ordonné à leurs troupes de rester fidèles au poste une bonne semaine quoi qu'il arrive. En matière de prudence, les Neuf ne reculent devant rien, surtout quand il s'agit de régler son sort à l'un des leurs – à un traître.

Malgré tout, mon apparition dut les surprendre. Il se peut même qu'ils n'aient pas été certains que je sois celui qu'ils guettaient. Ils ne s'attendaient sûrement pas à me revoir de sitôt, après avoir pulvérisé mon avion pour me servir en pâture aux requins. Ce qui ne les avait pas empêchés d'observer la consigne du silence avec une rigueur exemplaire. De mon côté, avec le vent qui soufflait de la mer je ne pouvais ni les entendre ni les sentir avant de tomber dans le piège.

La grenade avait explosé suffisamment près pour m'assourdir, mais il en faut plus pour me faire perdre la tête. Je déboulai de ma cache et rampai en direction des hommes qui me tiraient dessus, ou du moins sur l'endroit où ils pensaient que je devais être. Des avalanches de feuilles et de poussière s'abattaient des buissons malmenés par la tourmente. Une seconde grenade explosa près de la première. Est-ce qu'ils m'avaient vu? Certainement pas. Sinon j'aurais été farci de plomb en quelques secondes.

Pourtant, s'ils l'avaient remarqué, un détail au moins aurait pu fouetter leur courage : je n'avais pour me défendre que mon malheureux poignard.

Soudain le silence se fit et un homme se mit à hurler en anglais. Il ordonnait aux soldats de former un cercle pour se refermer sur moi, en me visant aux jambes s'ils m'apercevaient. Éviter de se mitrailler mutuellement, me tirer dans les jambes, m'immobiliser et ensuite m'achever.

A sa place, j'en aurais fait autant. Son plan était admirable et il avait cent chances sur cent de réussir. J'étais furieux – autant que le manque de temps pour cultiver mes états d'âme me permettait de l'être. J'aurais dû faire preuve de plus de prudence et épier les ombres de la forêt. Mon erreur était de même nature que la leur, à ce détail près qu'ils étaient mieux armés pour la corriger.

Je continuai ma progression. J'ignorais leur nombre. J'avais compté une dizaine d'armes au moment du tir, mais ils ménageaient peut-être leurs munitions. Il leur faudrait un certain temps pour m'encercler. Au départ ils se trouvaient tous du même côté, et pour se déployer ils allaient devoir traverser des fourrés inextricables en s'appelant régulièrement pour signaler leur position.

Ils amorcèrent leur mouvement tournant dans le taillis à grand renfort de branches cassées. Je sentais leur odeur maintenant, dix hommes sur ma gauche.

Autrement dit il y en avait encore autant ou plus devant moi.

Comme j'approchais de l'arbre où un éclair métallique m'avait averti du danger, vraisemblablement au moment où un tireur manipulait son arme, je levai les yeux. Il était toujours là, à environ six mètres du sol, à cheval sur une branche et guettant mon apparition. Je scrutai les arbres alentour, sans résultat. Apparemment c'était l'unique sentinelle.

Je surgis d'entre les larges feuilles d'un « oreilles d'éléphant » et lançai mon couteau. Cette manœuvre, qui allait révéler ma position ne serait-ce qu'une fraction de seconde, exigeait d'être accomplie sans hésitation.

L'effet de surprise joua en ma faveur. La seule personne qui m'aperçut avant que je me replonge sous les feuilles fut le guetteur. Il n'eut pas même le temps de réagir. Il nous vit, moi et le couteau, presque simultanément, puis la lame l'empala à la hauteur de la trachée. Son fusil lui échappa et dégringola sur un arbuste. Le soldat vacilla comme s'il allait tomber, mais une corde attachée à sa taille le retenait au tronc. Mon poignard avait émis un léger chuintement, et le fusil un bruit de ferraille. Le remue-ménage général absorba le tout. Occupés à regarder où ils mettaient les pieds, ceux qui battaient les fourrés ne relevèrent pas le nez.

Le chargeur du fusil, un FN belge, pouvait contenir vingt cartouches de 7.62 mm. La densité de la végétation m'obligeant à arroser les alentours à l'aveuglette, je positionnai le sélecteur de tir sur « rafales ». C'est à regret que j'abandonnai mon couteau. Je préférais ne pas m'exposer aux balles en grimpant le chercher. D'une seconde à l'autre, un soldat pouvait découvrir le cadavre et faire circuler la nouvelle que j'avais pris la fuite avec une arme.

A l'est, les voix se rapprochaient. Sur mes arrières, le cercle se refermait plus lentement. Dans l'ombre, un homme au moins transportait des grenades. Je redoublai de vigilance.

L'excitation cognait dans mon cœur à coups sourds. Chasseur ou chassé, j'éprouve la même ivresse. Le même frisson délicieux, quand il s'agit de mettre en jeu ce qu'on a de plus précieux : soi-même, une vie, qui risque de s'achever à chaque seconde. Mon existence pouvant durer éternellement, ou en tout cas quelque trente mille ans, j'ai beaucoup plus à perdre que la plupart des gens. Mais je n'y pense jamais. Je serai toujours prêt à la risquer, que ce soit maintenant ou dans trente millénaires, si je vis jusque-là.

Les soldats avançaient, espacés plus ou moins régulièrement de six mètres en six mètres. La tête tournée pour parler à un de ses camarades en retrait, le plus proche se trouvait à trois mètres de moi. La crosse de mon FN traversa les branches pour lui écraser la pomme d'Adam. Le temps qu'il tombe à la renverse, je l'avais terrassé en lui rompant l'échine de mes deux mains. Je le soulageai de son coutelas et d'un chargeur, que j'emportai, coincé sous le bras. Mais celui qui le suivait, six mètres derrière, remarqua quelque chose.

– Hey, Brodie! Tu es où? demanda-t-il dans un anglais teinté d'un fort accent italien. Ça va?

Je lui répondis, en imitant de mon mieux la voix de Brodie :

– Je me suis cassé la figure dans ces foutus taillis!

L'Italien fit quelques pas, puis s'arrêta.

– Lève-toi, que je te voie!

Je coiffai le large chapeau du mort – trop juste de plusieurs tailles – et me redressai suffisamment pour qu'il aperçoive la calotte de mon couvre-chef et le haut de mon visage. En bougonnant il s'approcha, stoppé net par mon coutelas, qui se ficha dans son plexus solaire.

Au même instant, un cri retentit derrière moi. On venait de découvrir le corps du guetteur.

Le chef de la troupe, dont l'anglais rocailleux dénotait une origine écossaise, se mit à aboyer, ordonnant à tout son monde de ne plus bouger. Pas question de se mettre à tirer sous peine de s'entre-tuer. Il allait faire l'appel. Les soldats étaient priés de répondre l'un après l'autre pour signaler leur position et identifier les manquants.

J'attendis, et quand vint mon tour j'imitai à nouveau la voix de Brodie, puis celle de l'Italien. J'ignorais son nom, et le chef aurait facilement pu me confondre s'il ne m'avait lui-même fourni le renseignement.

Je comptai trente-deux hommes. Certains, comme l'Italien, couvraient les arrières pour le cas où j'arriverais à prendre le large.

A ce moment-là je m'étais suffisamment rapproché du premier soldat à ma gauche pour lui sectionner l'artère jugulaire du tranchant de ma lame.

J'aurais pu profiter de la brèche pour m'en aller. Une fois à l'intérieur des terres, dans le secret de la forêt vierge, personne ne pouvait me rattraper.

Mais j'ai ma dignité. Je voulais donner une nouvelle leçon aux Neuf et, du même coup, diminuer le nombre de mes adversaires. Sans compter que leur base ne pouvait être très loin et qu'elle était sûrement équipée d'un puissant émetteur qui, le cas échéant, leur permettrait d'appeler un nouveau contingent à la rescousse.

Malgré tout, il est des occasions où il faut savoir se montrer discret, et c'en était une. Je m'enfonçai dans la jungle. J'avais franchi une cinquantaine de mètres quand j'entendis des exclamations étouffées. Ils avaient découvert les cadavres. Insensiblement, la peur les gagnait. La plupart, si ce n'est tous, savaient qui j'étais. Ils avaient entendu parler de mes exploits, et maintenant ils étaient en mesure de vérifier que ce n'était pas des histoires. Et puis, ils devaient commencer à trembler à l'idée de devoir transmettre la nouvelle aux Neuf. Pour eux, il aurait mieux valu mourir que de me laisser passer entre les mailles du filet.

J'essayai en vain de deviner où ils avaient bien pu installer leur poste émetteur. Il fut un temps où, les yeux fermés, j'aurais pu déterminer très exactement l'emplacement de chaque arbre, chaque buisson, chaque clairière. Mais la forêt avait trop changé. Je n'aurais pas été plus désorienté en territoire inconnu. Je finis par opter pour les hauteurs.

Le FN en bandoulière, je me hissai jusqu'au feuillage des cimes. De mon poste, je découvris dix de mes trente-deux poursuivants. Les autres restaient dissimulés dans le taillis. Neuf d'entre eux entouraient un officier efflanqué doté d'une épaisse moustache noire. Ses mains ne cessaient de s'agiter au rythme de ses lèvres, d'où tombaient des ordres que je ne saisis pas.

Je l'avais déjà vu et j'avais déjà entendu sa voix : dans les cavernes où les Neuf se réunissaient une fois l'an, à l'occasion de ces cérémonies secrètes où les membres de leur organisation ancestrale se soumettent aux rites macabres indispensables pour obtenir l'élixir de jeunesse. Le jour de notre rencontre, cet officier ne portait ni moustache ni vêtements, et cela remontait à dix ans. C'est pour cette raison que je ne l'avais pas reconnu immédiatement.

Son nom, James Murtagh, est assez proche de son identité véritable et de celle de son illustre père. Né en 1881 à Meiringen, Suisse, il n'a plus quitté le pays de Galles à partir de l'âge de huit ans. A l'instar de son père, mathématicien de grand talent, Murtagh n'était pas loin d'être un génie et il avait d'ailleurs enseigné les mathématiques supérieures à Oxford et à l'université de Talinn. Lors de notre rencontre il paraissait avoir la quarantaine, et c'est donc vraisemblablement en 1921 que les Neuf l'ont invité à rejoindre leurs rangs.

Murtagh ne m'a pas fait de confidences – je crois qu'il n'en a jamais fait à personne –, mais la comtesse Clara Aekajaer, la belle Valkyrie danoise qui pendant cinquante-sept ans m'a fidèlement accompagné tous les ans aux cérémonies rituelles, en savait long sur lui. Et elle ne m'a rien caché. Pour obéir aux Neuf, peut-être, qui me formaient à mon insu en prévision du jour où, si l'un d'eux venait à mourir, je deviendrais un des leurs.

J'aurais pu abattre Murtagh d'un coup de FN mais je choisis de l'épargner. Il pouvait m'aider à remonter la filière. Le sélecteur de tir en position « rafales », je vidai mon chargeur sur le taillis. Cinq hommes tombèrent; les autres plongèrent sous les feuilles. Sans leur laisser le temps de se ressaisir, je laissai tomber mon arme et quittai mon perchoir avant qu'ils me dénichent. Je filais vers le sud. Il paraissait peu probable que leur base soit au nord, dans la mangrove.

Déjà, ils mitraillaient les cimes. Je détalai. Derrière moi, l'écho des détonations s'affaiblissait quand une voix retentit à quelques centaines de mètres à peine. Je me coulai à l'abri des feuillages jusqu'à l'orée d'une clairière.

En l'espace de deux ou trois jours, haches et tronçonneuses avaient rasé toute végétation. Une jeep équipée d'un treuil avait déblayé le terrain. Deux gros hélicoptères, des Bristol 192, étaient stationnés à l'autre extrémité, et six tentes plantées de mon côté. La plus grande abritait l'équipement radio et trois hommes. Au-dessus, l'antenne se dressait droit dans le ciel.

Je bouclai le périmètre du camp sans trouver une seule sentinelle. J'avançais avec précaution, pour éviter les mines et autres pièges. Murtagh était tout à fait du genre à prendre un malin plaisir à semer les fourrés de surprises meurtrières. Ce n'était pas pour me déplaire. Moi non plus je ne peux pas m'empêcher de sourire quand je me livre à ce genre d'activités.

Il y avait de fortes chances pour qu'il m'expédie ses hommes dans un bref délai. En bon tacticien, il devait avoir deviné mon objectif. L'absence de sentinelles indiquait seulement qu'il n'avait pas vraiment cru que je survivrais à l'attaque du chasseur. Le temps pressait.

Même après le passage des tronçonneuses, il restait suffisamment de végétation pour dissimuler mon approche. Plié en deux, je courus de souche d'arbre en buisson déraciné, et j'approchai la plus grande tente par l'arrière. A l'intérieur, le radio s'activait. Ayant déjà signalé mon évasion, il transmettait maintenant les rapports de ses supérieurs et réclamait des renforts : avions de combat, hélicoptères, bombes au napalm, hommes et chiens policiers.

Le nom de code qu'ils m'avaient attribué m'amusa.

Tree Lord. Seigneur des Arbres. Bien trouvé, non?

Une chose m'intriguait : où se trouvait leur base? Certainement pas à Port-Gentil, distant d'environ cent vingt-six miles au nord-ouest. A entendre les officiers et le radio, l'arrivée des renforts était prévue dans une dizaine de minutes. Quelque part vers l'intérieur, probablement dans une autre clairière artificielle. Mais avait-elle été installée à mon seul bénéfice, ou s'agissait-il d'une base polyvalente? Je penchai pour cette dernière hypothèse. Sinon, rien n'aurait empêché de rapatrier matériel et personnel ici même, pour la curée.

Je contournai la tente jusqu'à l'entrée. Le temps de tirer à deux reprises, et les deux officiers s'effondrèrent. Le radio portait un .45. Mais il ne tenta pas même un geste vers son étui. Les deux mains bien à plat sur la table, il se contenta de me fixer, les yeux écarquillés et la bouche grande ouverte. Son regard ahuri, son visage livide surmonté d'un toupet de cheveux dorés, son nez en bec d'aigle et les écouteurs à ses oreilles le faisaient ressembler à une chouette tirée brutalement de son sommeil.

– Annule l'opération, ordonnai-je. Dis-leur que j'ai été tué.

Il hésita, et je fis un pas en avant. Le canon du FN touchait presque sa tempe. Il hoqueta et obéit.

Après quoi il se remit à fixer sur moi ses yeux exorbités, comme s'il s'attendait à ce que je lui fasse sauter la tête. Il était en droit de craindre ce genre de dénouement, et j'étais en droit de le lui infliger, bien que je ne me sois jamais soucié de cette notion de droit chère aux humains – sauf quand il lui arrive de coïncider avec mes convictions personnelles. Ce radio appartenait à une organisation qui visait à me supprimer. Il le savait, et s'était engagé en connaissance de cause. Il méritait la mort.

Ma philosophie est simple, efficace, et nullement fondée sur l'idée que la vie est une chose sacrée. Si on cherche à vous tuer, tirez le premier. Très différent des règles qui régissent la guerre entre nations. Quand j'étais membre des forces britanniques, pendant la Seconde Guerre mondiale, j'ai toujours rigoureusement respecté les accords de Genève. A deux exceptions près, c'est vrai, mais j'obéissais aux Neuf, et leur autorité supplante toutes les autres. En échange de cette vie presque éternelle qu'ils m'ont donnée, ils exigent parfois le prix fort. Mais je n'ai jamais eu aucun scrupule à liquider ceux qu'ils voulaient écarter du chemin. Si je vous disais que nombre d'entre eux étaient les plus haut placés, et les plus célèbres de nos ennemis, vous auriez peut-être du mal à me croire. Surtout quand on sait que le monde entier est persuadé qu'ils se sont suicidés pour éviter de tomber aux mains des Russes.

– Obéis, et tu as la vie sauve, dis-je au radio. Si tu as un peu entendu parler de moi, tu sais que je ne reviens jamais sur ma parole.

Il hocha la tête et eut un nouveau hoquet.

– Tu peux joindre Dakar?

Il pouvait, et le fit aussitôt, pour se régler sur la fréquence de Brass Bwana. C'était illégal, naturellement, mais je me fichais bien de ce que les autorités pourraient en penser.

Ce jour-là l'émetteur se trouvait dans le désert, à trente miles de Dakar. Ma station mobile se déplace depuis vingt-six ans et jamais la police n'est arrivée à l'approcher. Je l'utilisais déjà quand je travaillais pour les Neuf mais personne dans l'organisation n'en connaissait l'existence. Mes opérateurs étaient tous hors la loi, et d'une loyauté sans égale parce que je les payais largement. Par leur intermédiaire, je restais relié en permanence au réseau que Doc Caliban avait mis en place pour servir les Neuf, quand il était encore leur disciple. Réseau qui comptait un émetteur situé quelque part dans les Vosges, et un autre dans la Forêt Noire allemande.

J'aurais bien aimé parler moi-même, mais je préférai tendre l'oreille pour guetter l'arrivée de Murtagh. Sur mon ordre, le radio informa Brass Bwana que je changeais de code. J'emploierais le suivant sur la liste à mon prochain appel. Puis il leur expliqua que j'étais contraint d'appeler par l'intermédiaire d'un ennemi, et que je voulais joindre Doc Caliban – je donnai son nom de code, naturellement. Une minute passa. Caliban restait introuvable, mais mon message lui serait transmis. De son côté il en avait laissé un pour moi, que j'écoutai attentivement.

« Le gnome est devenu fou. Il est notre ennemi, et l'ennemi de nos ennemis ses anciens amis. Le gnome se terre. Nous allons le déloger. »

Je remerciai, et donnai le signal de fin de transmission.

– Tu parles allemand? demandai-je au radio.

Il m'affirma le contraire. S'il mentait, aucune importance. Comment aurait-il pu deviner que le « gnome » n'était autre qu'Iwaldi, le vieux nain des Neuf? Quand je dis vieux, je veux dire très, très ancien. Il avait au moins dix mille ans. Qui sait, peut-être trente mille.

Si j'interprétais correctement le message de Caliban, Iwaldi était devenu fou et s'était retourné contre les Neuf lui aussi. Doc savait où le trouver et il partait à sa recherche.

Iwaldi se terrait au château de Gramzdorf, dans la Forêt Noire. C'est à peu près tout ce que Caliban et moi-même avions réussi à découvrir sur les résidences secrètes des Neuf, ce château près du village de Gramzdorf où Iwaldi passait le plus clair de son temps. Caliban était déjà là-bas avec deux de ses hommes, des nouvelles recrues, qui étaient les fils de ses assistants d'autrefois. A la mort de leurs pères, les fils avaient pris la relève.

J'ouvris la caisse où était emballé l'émetteur et pulvérisai les tubes à coups de marteau avant d'arracher les fils. Puis je fendis la toile à l'arrière de la tente et ordonnai à Smith, le radio, de sortir devant moi. Je le poussai dans une autre tente, qui contenait des armes en pagaille. Je passai en travers de mon torse un ceinturon muni de crochets, et j'y attachai une guirlande d'explosifs. Après quoi je ligotai Smith, les mains derrière le dos, à un arbre.

Une minute plus tard, j'avais balancé une grenade dans chacun des deux hélicoptères stationnés à soixante mètres de là. Le camp sauta dans une tornade de flammes. Ils étaient vraiment beaux, ces appareils, et légèrement effrayants, évidemment. Je n'ai jamais réussi à me débarrasser d'une certaine vénération pour les grandes machines fabriquées par le genre humain. C'est probablement l'ultime survivance du premier impact que la civilisation eut sur moi lors de notre premier contact. En faisant exploser ces délicats engins meurtriers, j'affirmais l'éternelle hostilité du sauvage à l'égard de la science et de la technologie modernes.

– Où est la base? demandai-je à Smith. Et pas de faux-fuyants. Je n'ai pas le temps de m'amuser.

– Environ trente miles au nord-est en partant d'ici.

Tant pis pour moi s'il mentait. Je le plantai là et contournai le camp pour regagner la brousse.

L'incendie qui dévorait les deux hélicoptères couvrait tout autre bruit, et la fumée était si dense que je n'aurais pas flairé l'approche de Murtagh, même s'il avait avancé sous le vent. Ce qui ne m'empêchait pas d'y voir clair, et je souris en découvrant les visages patibulaires embusqués dans les taillis. Jamais ils ne s'aventuraient plus loin, de peur de tomber dans un piège plus efficace que celui qu'ils m'avaient tendu. Murtagh préférerait sûrement attendre l'arrivée des renforts aériens.

Il n'en fit rien. Du moins, pas là où je l'imaginais. Un à un, il rappela ses hommes, et le temps que je les contourne pour les prendre à revers, ils avaient disparu.

Leur piste était facile à suivre. Je commençai à la remonter en empruntant un sentier parallèle au leur. Je ne pus que me féliciter d'une telle précaution. Murtagh le rusé avait posté quatre hommes pour m'intercepter. Quatre sentinelles, qui se tenaient dos à dos pour s'assurer que je ne m'immiscerais pas en douce dans leurs affaires. D'où je me trouvais, j'aurais pu les dégommer d'une seule rafale, mais je ne voyais pas de raison d'avertir Murtagh de ma présence. Les dépassant, je rejoignis la colonne en route vers la côte. Murtagh ouvrait la marche; quatre soldats qui ne cessaient de jeter des regards par-dessus leur épaule formaient l'arrière-garde.

Un mètre quatre-vingt-quatorze et des poussières, une carrure d'épaules impressionnante, Murtagh était doté d'un front proéminent qui saillait comme la proue d'un navire. A un moment, il enleva son chapeau pour éponger un crâne entièrement dégarni. Les rares cheveux qui couronnaient l'arrière de sa tête étaient gris. Avec ses mâchoires massives et ses yeux profondément enfoncés sous une arcade sourcilière prononcée, on l'aurait facilement pris pour un aborigène australien. Son long cou, qui s'arquait vers l'avant comme s'il était perpétuellement en train de renifler quelque chose, lui donnait des allures de reptile. Ressemblance renforcée par le va-et-vient incessant de sa tête, qui oscillait de droite à gauche.

Dans la colonne qui s'étirait derrière lui, le premier et le septième soldat transportaient des lance-flammes.

Je me plaçai à égale distance des deux, et je tirai six coups. La première balle éventra le paquetage attaché au dos du premier soldat, mais le carburant ne prit pas feu. Ceux qui se trouvaient entre mes deux cibles mordirent la poussière, puis le lance-flammes du septième dégorgea un globe de feu qui enveloppa les survivants.

J'étais déjà loin, dévalant la pente et rampant jusqu'à un repli de terrain. Au-dessus de moi, la forêt gémissait comme sous le souffle d'un ouragan. Démonstration impressionnante, qui dut terrifier les oiseaux et les singes. Mais pas moi.

J'avais commis une erreur en ne tuant pas Murtagh. Je n'aurais pas dû l'épargner, dans l'espoir de l'interroger quand je l'aurais fait prisonnier. Mais je ne regrettais rien. J'ai beau être prompt à reconnaître mes erreurs et mes fautes, je ne les regrette jamais. Ce qui est fait est fait. Quant au reste, c'est l'affaire de l'avenir.

Du côté de la plage, les rescapés s'activaient. Deux énormes hélicoptères s'étaient posés sur le sable, pour déverser un contingent d'hommes armés en bordure du rivage. Murtagh avait ordonné à ses soldats de les rejoindre. Il disposait d'un nouvel émetteur et de troupes fraîches. Les vassaux des Neuf étaient prêts à passer à l'attaque.

Pour moi, passer à l'attaque signifiait : décamper en vitesse. Pourtant je ne bougeai pas. Il y avait trop longtemps que les Neuf me faisaient courir pour que je résiste à la tentation de leur infliger une sévère punition. Je me repliai cependant vers le nord, à l'intérieur de la mangrove.

De la cime d'un palétuvier, je m'offris un tour d'horizon. Je fis bien. Laissant les renforts alignés au ras des vagues, les deux hélicoptères décollèrent et s'avancèrent vers l'intérieur des terres pour lâcher six bombes au napalm. Deux chasseurs à réaction vinrent bientôt à la rescousse, et six roquettes ouvrirent leurs brèches meurtrières sur un périmètre d'un demi-hectare. Ils expédièrent encore quelques bombes, puis exécutèrent un demi-tour pour mitrailler la jungle à proximité des zones ravagées par les flammes. Leur stock épuisé, ils désertèrent le ciel, dans le but évident d'aller renouveler leur cargaison en vue d'un prochain voyage.

Cette fois, ils n'hésitaient pas à employer les grands moyens. Leur tactique semblait aussi inefficace que coûteuse. Mais l'efficacité et l'économie sont le dernier souci des Neuf, pourvu que le but soit atteint.

Sur la plage, les renforts se divisèrent en deux. Chaque groupe se mit en route, en compagnie de six bergers allemands et d'une dizaine de limiers fous furieux, pour boucler les zones incendiées. Je ne sais pas quel échantillon de ma garde-robe ils avaient pu donner à flairer aux molosses. Les Neuf avaient dû dénicher quelque chose dans mon château de Crandrith. Tant qu'ils s'en tenaient aux portions de forêt arrosées de napalm, les chiens ne relèveraient pas ma trace. Mais s'ils reniflaient quelque chose du côté de la mangrove, les palétuviers auraient droit à une douche d'essence solidifiée eux aussi. En suspens au-dessus de chaque colonne, les hélicoptères se tenaient prêts à intervenir, attendant le feu vert.

Je pataugeai un bon moment à travers les eaux saumâtres et gluantes de débris végétaux de la mangrove où, tels les arcs-boutants d'une cathédrale, les palétuviers plongeaient à l'infini leurs racines colossales. Je croisai plusieurs mambas et une grosse loutre de rivière, avant d'obliquer au sud pour déboucher sur la terre ferme. Relativement ferme en tout cas. Même en dehors de la saison des pluies, les averses ne sont pas rares, et le sol est presque en permanence gorgé comme une éponge. Si je n'avais pas fait attention, mes empreintes auraient crevé les yeux. Malgré mes précautions pour ne fouler que des branches mortes et des feuilles en décomposition, les chiens allaient me traquer sans trop de mal.

Je me dirigeais à l'est – vers les montagnes et la forêt vierge. Soudain, j'entendis approcher un engin de combat. Le fracas des pales me parvenait à travers l'écran de fumée. Il s'intensifia brusquement et tout à coup l'appareil émergea, juste au-dessus de moi. Le moment était mal choisi. Je me trouvais au centre d'une clairière naturelle ouverte par le glissement de l'humus sur un bloc de grès.

La mangrove s'étendait à quatre cents mètres sur ma gauche. L'orée de la clairière se trouvait à une cinquantaine de mètres sur ma droite. Devant, la brousse s'épaississait sur un bon mile avant de buter sur un escarpement aride et dénudé. C'était le premier contrefort d'une succession de plateaux qui s'élevaient de deux cents à six cents mètres au-dessus du niveau de la mer. Là commençait la véritable forêt équatoriale, avec sa voûte de feuillage pratiquement impénétrable.

Je m'élançai droit devant et, jetant un coup d'œil par-dessus mon épaule, j'aperçus deux objets noirs qui fendaient le ciel à toute allure. Des roquettes.

Sans penser un instant aux grenades suspendues au ceinturon qui barrait ma poitrine, je me jetai face contre terre. Les deux roquettes soulevèrent une gerbe de pierres et de poussière. Mais elles m'avaient manqué d'une bonne quarantaine de mètres et, profitant du tourbillon de fumée qui planait sur la clairière, je m'enfonçais dans le taillis. Deux nouvelles déflagrations retentirent. Derrière moi, cette fois. Le servant de l'hélico n'avait pas tardé à rectifier son tir et si j'étais resté au même endroit il m'aurait réduit en miettes.

Malgré la densité de la végétation, le souffle de l'explosion me faucha. Je m'abattis, comme terrassé par le poing d'un géant. Mais deux secondes plus tard, je me glissais entre les arbres voilés par une épaisse fumée noire.

L'énorme appareil revenait déjà à la charge. Cette fois pourtant il me fit grâce de ses roquettes et de ses bombes au napalm. Ils avaient peut-être reçu l'ordre de me prendre vivant. Certains que j'étais blessé, ils venaient me chercher. A moins qu'ils n'aient voulu lâcher leurs bombes qu'à coup sûr, juste au-dessus de mes restes, pour oblitérer jusqu'à la dernière trace de mon existence.

Quoi qu'il en soit, le pilote descendit à ras de terre et traversa la clairière à près de quatre-vingts kilomètres à l'heure. J'étais complètement à sa merci, du moins en apparence. Je le laissai approcher à trois mètres.

Les servants de droite me virent une seconde après que je les eus repérés, et la gueule des mitrailleuses calibre .50 vomit un flot de langues de feu.

Comme d'habitude, la précision de leur tir laissait à désirer. Peu importait : ils promenaient le canon de leurs armes comme des lances d'arrosage selon des trajectoires qui, si tout se déroulait comme prévu, allaient se recouper à la hauteur de ma taille.

A quoi bon fuir? C'était perdu d'avance. Je me dressai au milieu du tourbillon de feuilles et de bouts d'écorce arrachés par les rafales et, attrapant une grenade dont la goupille resta attachée à mon ceinturon, je propulsai mon bras droit.

S'ils s'attendaient à une riposte, ce n'était certainement pas celle-ci. La grenade décrivit exactement l'arabesque que je désirais et s'engouffra dans la carlingue sous le nez du premier servant. Il était temps. Les tirs des mitrailleuses s'apprêtaient à se chevaucher pour me faucher comme les deux lames d'une paire de ciseaux.

Quelqu'un dans l'hélico fut assez vif pour avoir la présence d'esprit de saisir mon projectile au vol. Il ne fut pas assez rapide cependant. Avant qu'il puisse me renvoyer la grenade, elle lui éclata entre les doigts. L'écran de son corps suffit à amortir l'effet de l'explosion. Il fut tué et tous les autres aussi, je suppose, mais les réservoirs ne prirent pas feu. Du moins pas immédiatement. L'appareil gîta et dériva à angle droit pour percuter la cime d'un arbre, trois mètres au-dessus du sol. Je détalais déjà, et je sautai sans hésitation dans la première ravine. J'étais à mi-course, en suspens dans l'air, quand les réservoirs et la cargaison de bombes au napalm explosèrent. Un flot de chaleur torride balaya la brousse, manquant me carboniser l'échine.

Dos au vent, je respirais à peine, pour ne pas me laisser brûler les poumons. Puis je repris ma course. J'avais survécu à la première alerte. Je pouvais encore m'en tirer.

L'autre hélicoptère qui, jusqu'alors, s'était tenu à l'écart, se profila au-dessus des taillis. Il se contenta toutefois de plafonner à cent mètres d'altitude pour permettre à l'équipage de constater les dégâts. Vu le déroulement des opérations, il ne risquait pas de savoir si l'appareil s'était écrasé par accident ou si c'était moi qui l'avais descendu.

Malgré l'air brûlant qui m'écorchait vif, je restai aplati sous les feuilles. La brousse a beau être dense, elle présente des espaces découverts qu'il me fallait traverser, et quelle que fût ma rapidité, si on me repérait de là-haut, c'en était fini de moi.

L'hélicoptère ne tarda pas à décrire des cercles de plus en plus larges dans l'espoir de me débusquer. Quand il abandonna la partie et vira à l'ouest, je me remis en route dans la direction opposée.

J'allais atteindre le pied du premier contrefort quand j'eus droit à une seconde alerte, plus chaude encore que la première. L'hélico revenait. Il survolait la forêt sur ma droite, à trente mètres d'altitude. A son bord, je devinai plus que je ne vis un contingent d'hommes armés et de chiens policiers.

La manœuvre était simple : décharger tout ce joli monde sur le plateau, et me donner la chasse d'un côté, pour me jeter dans les bras de ceux qui viendraient à ma rencontre de l'autre.

Bientôt, je pus distinguer quelques visages accrochés au bord de la falaise. L'hélicoptère rôdait à nouveau dans le ciel et crachait une salve de-ci de-là. Les coups de feu se perdaient dans le rugissement des pales, mais quelques balles s'écrasèrent assez près de moi pour que je les entende percuter les arbres. Ils fouillaient la jungle dans l'espoir de m'affoler.

Si je ne me remuais pas, les chiens qui me talonnaient allaient flairer ma piste. Leurs aboiements se rapprochaient. Difficile à dire dans un taillis aussi inextricable, mais il me semblait que la meute se dirigeait droit sur moi.

Je commençais à trouver que j'en avais assez fait pour la journée. Une chute de trois cent cinquante mètres et un tête-à-tête avec un requin sont des divertissements dont on ne devrait pas abuser, pas plus d'une fois par mois en tout cas. Et je ne parle pas des deux appareils que j'avais fait sauter au sol, ni de celui que j'avais épinglé au ciel, et encore moins du tir erratique de mes trente-cinq poursuivants ou du chasseur, avec ses roquettes et ses bombes au napalm. J'avais fait le plein pour un certain temps. Et puis, ma bonne fortune ne tarderait plus à me tourner le dos. Ma colère devenait dangereuse; dangereuse pour moi s'entend. Je ne pouvais pas me permettre de perdre mon sang-froid.

Ma soudaine lassitude était tout à fait inhabituelle. Ceux qui ont lu l'œuvre de mon « biographe », ou le tome IX de mes propres Mémoires, savent que je jouis d'une force vitale colossale. On pourrait dire une force animale. Mais je venais d'essuyer une expérience, disons décourageante, à la suite de laquelle ma femme, Doc Caliban, sa cousine Pat Wilde et moi-même avions été obligés de nous cacher près de deux mois pour échapper aux Neuf. Je n'avais pas dormi mon comptant depuis une semaine, je voulais rejoindre la forêt de mon enfance, pour voir la voûte de son feuillage se refermer au-dessus de moi, pour écouter son silence et me replonger dans la douceur de son sein.

Accroupi dans le taillis, je m'efforçais d'arrêter les tremblements qui m'agitaient. Je me mordais les lèvres et serrais mon fusil comme pour écraser la crosse. Si je m'étais écouté, j'aurais bondi sur l'ennemi en crachant le feu. Quand j'aurais été à court de munitions, j'aurais lancé mes grenades, et une fois épuisées mes réserves, j'aurais fondu sur eux pour les finir à l'arme blanche.

Les images affluaient, vivaces, satisfaisantes, et suicidaires. Je me moquai de moi-même et mes tremblements disparurent. Pour échapper aux mâchoires qui me prenaient en tenaille, je devais rebrousser chemin vers le nord et la mangrove, ou m'enfoncer au sud, dans la jungle.

De part et d'autre, des hommes descendaient déjà du plateau, chaque colonne dotée d'au moins cinq chiens. Ils progressaient lentement en raison du danger, mais l'étau se resserrait. Des sentinelles occupaient le haut de la falaise. Derrière moi, les autres aussi gagnaient du terrain. L'hélicoptère avait viré au sud, et maintenant j'entendais distinctement les hurlements de la meute.

Soudain, je vis deux points noirs tomber du ciel, et de la brousse sur ma droite s'éleva un champignon de flammes et une flèche de fumée noire.

L'appareil vira à nouveau, passa au-dessus de ma tête, s'immobilisa en altitude à la hauteur de la mangrove, et lâcha deux autres bombes. Sur une centaine de mètres, les palétuviers se transformèrent en torches rugissantes.

Leur plan était excellent. Évidemment, ils ne pouvaient pas savoir que j'étais encerclé, mais ils faisaient comme si. Et, comme cela arrive parfois, les « si » de l'hypothèse débouchaient sur une théorie qui allait se vérifier dans la pratique, à moins que je ne m'arrange pour échapper au filet des propositions hypothétiques.

On ne me laissait pas le choix. Je rampai sur la gauche et me faufilai derrière le nuage de fumée. Malgré mes précautions pour rester le nez au sol, je ne pouvais pas m'éterniser dans les vapeurs de napalm sans être secoué de quintes de toux. Et puis, je ne pouvais pas vraiment compter sur la couverture d'un écran soumis à la moindre variation du vent. Je cherchais surtout à dérouter les chiens. Dans quelques minutes, j'allais empester l'essence. Normalement, cela devait suffir à brouiller ma piste.

Soudain, j'entendis une voix à quelques mètres. Un homme et un berger allemand passèrent à ma hauteur. Je revins sur mes pas et, tapi dans l'ombre, je sautai sur le dos du soldat pour lui briser la colonne vertébrale. Il n'était pas tombé à terre que déjà le chien subissait le même sort.

Le crépitement des flammes et le matelas blanchâtre des vapeurs toxiques qui se déployaient entre les troncs me procuraient une protection sans faille. Mon odorat me permit de détecter un autre soldat et un molosse à moins de trois mètres, mais ils ne devinèrent pas ma présence. Je dépouillai ma victime de ses vêtements. Ils m'allaient assez bien, le mort ayant à peu près ma corpulence et ma taille – un mètre quatre-vingt-neuf et demi.

Vêtu de ma tenue de camouflage – large couteau de brousse et chemise kaki –, je pus facilement approcher un autre de mes poursuivants, qui s'affala avec un couteau planté dans la gorge sans avoir le temps de comprendre que j'étais celui qu'il traquait. Les deux suivants appartenaient encore au peloton escorté par la meute. Cette fois je faillis être surpris par un soldat à la traîne, à dix pas derrière. Mais quand il trébucha sur le cadavre de ses acolytes, j'étais prêt.

Ils auraient mieux fait de se tenir à l'écart et de laisser l'hélicoptère inonder la forêt de napalm. Ils m'auraient pris, j'en suis certain. Puisqu'ils voulaient me donner la chasse dans une jungle où j'avais passé une bonne partie de mes quatre-vingts ans, ils allaient payer leur erreur.

Je me dirigeai vers le plateau, en boitant comme si j'étais blessé. Plusieurs regards suivaient ma progression. De la crête, une sentinelle m'interpella, à moins que les mouvements frénétiques de ses lèvres postillonnantes n'aient tout simplement rien voulu dire. Je continuai à grimper, m'arrêtant de temps en temps pour ménager ma prétendue blessure.

J'étais à mi-chemin quand deux hommes apparemment chargés de venir aux renseignements commencèrent à descendre à ma rencontre. Je m'assis, le dos tourné à la pente. A deux cents mètres de là, l'hélicoptère décrivait des boucles serrées qui le mettaient presque à ma hauteur. Soixante mètres en contrebas, hommes et chiens exploraient le taillis. La plupart restaient invisibles. Sur la crête, je distinguai trois silhouettes. J'aurais très peu de temps pour agir.

Derrière moi, les deux émissaires dévalaient l'escarpement. J'espérais me faire passer pour un des leurs, mais ma ruse échoua.

– Cramer? appela le plus proche.

Le dos toujours tourné, je me levai péniblement. Mon fusil, que je portais en bandoulière, me battait les flancs, et j'avais les mains libres. De quoi endormir leur méfiance, si elle était éveillée.

– Bon dieu! qu'est-ce que tu fiches! reprit le soldat

dans un anglais mâtiné de hongrois. Tu n'as pas à quitter ton poste! C'est ce sauvage qui t'a blessé? Je parie que tu t'es foutu par terre tout seul en t'emmêlant les pattes, bougre d'andouille.

– Ni l'un ni l'autre.

Je pivotai et, zébrant l'espace, mon couteau alla se ficher dans le plexus solaire du Hongrois. L'autre en resta pantois, le temps pour moi de lui expédier une balle en pleine poitrine.

Déjà je redressai le canon de mon arme pour viser les trois visages accrochés à la crête; trois taches blanches trouées par le rond noir de la bouche. Mon Luger était un .45, mes cibles distantes de soixante mètres, et l'angle de tir pratiquement impossible. Je les manquai. Et, comme je m'y attendais, les trois visages s'évanouirent.

Jetant l'automatique, je récupérai mon coutelas et l'enfournai dans son fourreau, pour m'élancer à l'assaut de l'à-pic sur un sentier réservé aux acrobaties des chèvres et des babouins. Un coup d'œil vers l'hélico me révéla que, pour l'instant, personne ne m'avait repéré.

Ça ne durerait pas. Ceux du plateau devaient avoir un émetteur. Ils ne tarderaient pas à signaler ma position au pilote.

A environ cent vingt mètres du sommet, je m'arrêtai, pour balancer une grenade. Malgré la distance, qui dépassait d'une vingtaine de mètres celle à laquelle la plupart des hommes peuvent expédier ce genre d'engins, elle atterrit à bon port, juste au moment où les trois sentinelles réapparaissaient pour m'ajuster dans leur ligne de tir. La déflagration m'engloutit sous une douche de pierrailles, mais je vis un corps projeté dans le vide s'écraser sur une saillie et dévaler la pente comme une toupie. Aucune trace des deux autres. Sans doute étaient-ils hors de combat. Dans le cas contraire, je le paierais de ma vie.

Prévenu par ceux du plateau, le pilote de l'hélicoptère avait déjà amorcé son demi-tour. Je tenais une grenade toute prête et je n'avais plus qu'à la catapulter.

L'appareil avançait de front, réduisant ses artilleurs à l'impuissance. Ils devaient être à court de munitions, sinon ils m'auraient tiré leurs roquettes à bout portant, me désintégrant en un clin d'œil en même temps qu'une bonne partie des contreforts.

Le pilote avait dû être dérouté par l'explosion. Il ne riposta pas tout de suite. Le temps qu'il se ressaisisse pour virer et se stabiliser, me présentant le flanc de l'appareil garni de mitrailleuses, ma seconde grenade était à mi-course.

D'un point de vue purement technique, ce fut probablement le plus beau lancer de ma vie. A une distance de soixante mètres mon projectile, qui pesait dans les neuf cents grammes, percuta la cible au centre de ses rotors. Un nuage de fumée engloutit l'appareil qui tomba comme une pierre dans une pluie de ferrailles tordues et s'écrasa au pied de la falaise. Une seconde plus tard, une explosion infernale ébranlait les taillis, projetant sur les hommes et les chiens alentour une gerbe de débris chauffés à blanc. Leur tir s'en ressentit nettement, et je couvris la distance qui me séparait du sommet sous la grêle éparse de leurs balles perdues.

Déjà je prenais pied sur le plateau, prêt à exécuter les survivants de ma première attaque s'il s'en trouvait. Mais aucun n'avait survécu.

Le ceinturon d'un des cadavres me prodigua six

grenades, que je lançai une à une en contrebas, et la satisfaction de voir tomber au moins deux hommes et un berger allemand. Armé d'un nouveau fusil, je repris ma course. J'eus raison de ne pas m'attarder. C'est à peine si j'avais eu le temps de gagner le couvert que déjà deux jets faisaient hurler leurs réacteurs au-dessus de ma tête pour survoler la crête à moins de cent cinquante mètres d'altitude.

Sans ralentir, je continuai à courir jusqu'à la barrière apparemment infranchissable que dressait devant moi la lisière de la forêt équatoriale. Je m'y faufilai et dès le premier pas, tels les piliers d'un temple édifié par le Créateur, les géants refermèrent au-dessus de ma tête leur pénombre feutrée. J'étais arrivé chez moi.

***

Ce moment me paraît tout aussi indiqué qu'un autre pour récapituler les événements qui mènent au présent récit.

Mon nom s'est propagé partout où règnent le cinéma et la littérature, ce qui représente au moins les trois quarts du monde habitable. Quant à ceux qui n'ont jamais lu un livre ni vu un film, ils n'ignorent pas pour autant ce que je symbolise. (Du moins ce que symbolise le nom dont j'ai été affublé pour dissimuler ma véritable identité.)

Mon « biographe » a magnifié la réalité, et inventé des choses qui n'ont jamais existé pour en omettre d'autres qui ont réellement eu lieu. Mais, dans l'ensemble, ses deux premiers volumes sont assez fidèles à la vérité, et les suivants ont été plus ou moins inspirés par des faits authentiques. Le portrait qu'il a tracé de ma personnalité est rigoureusement exact. Il serait plus vrai de dire qu'il a décrit mon comportement avec beaucoup d'exactitude quoique, pour permettre au lecteur de s'identifier à moi, il se soit laissé entraîner à atténuer certains traits de mon caractère, en se gardant d'approfondir l'analyse de mon infrahumanité.

A ce sujet, il me déplairait de me montrer injuste à son égard. Sans être vraiment humaines, les créatures qui m'ont élevé possédaient un langage qui leur était propre, et je ne sais pas si ceux qui communiquent à l'aide d'une langue structurée, quelle qu'elle soit, peuvent éviter d'être considérés comme des humains à part entière. (Les dauphins, peut-être, parce que ce sont des êtres aquatiques et dépourvus de mains.) Mais les membres de la Tribu qui m'ont servi de père et mère étaient des anthropoïdes, probablement les représentants d'une variété géante des premiers hominidés, *Zinjanthropus* ou *Paranthropus*. Et si leur langage reflétait une conception très particulière de l'Univers – du point de vue anglophone, s'entend –, cette conception n'était pas plus étrange que celle d'un Mohican ne peut l'être aux yeux d'un Anglais.

C'est en 1948 que j'ai décidé de rédiger mes Mémoires. Je ne pouvais pas les publier car j'étais au service des Neuf et qu'ils interdisaient qu'un seul mot soit imprimé à leur sujet, ou même seulement prononcé devant des non-initiés. Et si j'oblitérais toute référence aux Neuf, mes Mémoires étaient encore plus impubliables. Certains détails, comme cette jeunesse mystérieusement préservée qui me faisait paraître trente ans alors que je ne pouvais en avoir que soixante, ou l'origine de ma fortune colossale (dont seule une infime partie est soumise à l'impôt) n'auraient pas échappé au public et aux autorités. Et puis, la révélation de mon existence réelle alors que le monde entier me considérait comme le produit de l'imagination débordante d'un auteur en mal de copie aurait fait sensation, entraînant une publicité énorme et la violation de ma vie privée. Sans compter le risque toujours possible qu'on me déclare fou et que je me retrouve à l'asile.

Je me mis néanmoins au travail. Sait-on jamais, un jour peut-être que tout cela serait publié. D'ailleurs l'idée de faire revivre le passé n'était pas pour me déplaire. (Oui, j'ai lu Proust – dans le texte. Le français est ma langue d'élection.) Ma mémoire pourrait être qualifiée de photographique mais ses images surprennent parfois les humains qui ont traversé les mêmes événements que moi.

Le tome I s'ouvrait sur mon tout premier souvenir, alors que je tétais encore et que, levant les yeux, je plongeais mon regard dans les merveilleuses pupilles d'un brun orangé de l'être vivant qui, pendant dix-huit ans, serait le seul au monde à m'entourer de sa tendresse et de son amour. Ce premier tome s'achevait à l'époque de mes dix ans – ou à ce que j'ai estimé être mes dix ans – la nuit où, pour la première fois, je me servis d'un couteau. Les six tomes suivants couvraient soixante-dix-huit ans. Certains manuscrits comptaient peu de feuillets, et d'autres plus d'un million de mots.

Grâce à ce travail j'ai suppléé à nombre d'omissions ou d'entorses à la vérité, et révélé les véritables identités que cachaient les pseudonymes inventés par mon biographe. J'ai dévoilé aussi certains détails qui répugneraient sans doute à ses lecteurs. Contrairement à ce qu'il a affirmé, je n'ai jamais hésité à manger de la chair humaine chaque fois que les circonstances l'exigeaient et je n'ai pas toujours observé rigoureusement la morale victorienne, loin s'en faut. Je présume, ou plutôt je sais que beaucoup me condamneraient pour avoir servi les Neuf. A leurs yeux, mon allégeance équivaut au pacte de Faust vendant son âme au diable.

La critique est aisée. Que ceux qui me jugent se voient offrir trente mille années ou plus d'espérance de vie, et nous verrons ce qu'ils répondent.

Comparées aux conditions dans lesquelles nous avons prêté serment, ma femme et moi, les cérémonies initiatiques Mau-Mau prennent des allures d'école du dimanche. Sans doute n'étions-nous plus déjà ni très honnêtes ni très moraux puisque nous n'avons posé aucune condition. Il était entendu que nous resterions fidèles aux Neuf et que nous accepterions leur immortalité tant qu'il ne nous serait pas demandé d'accomplir des actes dont nous aurions à rougir. Heureusement, cela nous fut épargné, bien que je doive reconnaître que je suis capable d'actes qui révolteraient la plupart des représentants de la soi-disant civilisation. Cela dit, je n'ai jamais eu le sentiment d'appartenir réellement à l'humanité. Ce qui peut être considéré comme une circonstance atténuante ou aggravante, selon le cas.

Pour en revenir à l'immortalité, c'est une denrée dont la cote est très élevée. Il est vrai que tout se paie en ce bas monde. Rien n'est jamais gratuit. Mais pendant des années nous nous sommes sentis à peu près complètement « fauchés », Clio et moi.

Cet élixir d'immortalité m'oblige à remonter un peu en arrière. Il y a trente mille ans ou plus, de vénérables hommes des cavernes découvrirent une substance qui les dotait d'une jeunesse quasi éternelle. Elle les immunisait aussi contre les maladies et la dégénérescence. Naturellement, rien ne les abritait d'une mauvaise chute; ils pouvaient toujours se rompre le cou, être égorgés ou matraqués à mort. Mais avec un peu de chance ils pouvaient vivre ce qui devait leur sembler une éternité. Certes, ils vieillissaient, mais tellement lentement qu'un sujet qui avait bu l'élixir à l'âge de vingt-cinq ans en paraissait cinquante au bout de quinze mille ans.

J'ignore ce qui se passa entre l'an 25 000 avant J.-C. et 1913, année où l'agent des Neuf me contacta pour la première fois. A l'époque, les Neuf se composaient d'Anana, une vieille Caucasoïde de trente mille années, de XauXaz, d'Ing, d'Iwaldi le nain, d'un Hébreu né aux alentours de l'an 3 après J.-C., d'un antique proto-Bantou, de deux proto-Mongoloïdes, et d'un Amérindien. Dispersés de par le monde, ils se réunissaient régulièrement une fois l'an pour une cérémonie dont l'origine remonte probablement aux premiers jours de l'ère paléolithique, et qui comprend le sacrifice de la chair de la part des serviteurs des Neuf – rite effroyablement douloureux – et l'absorption de l'élixir. Ces cérémonies avaient toujours lieu dans le même labyrinthe de cavernes au sein des solitudes montagneuses de l'Ouganda.

Après une période probatoire de plusieurs mois, les « candidats » buvaient la potion de jouvence. Aucun échantillon ne circulait à l'extérieur. Les candidats pénétraient dans la caverne dans le plus simple appareil, et ressortaient de même. Quiconque essayait de subtiliser le breuvage était voué à une mort hideuse.

D'après mes calculs, le nombre de mes frères « candidats » s'élevait à environ cinq cents. Nous représentions l'élite de l'organisation qui, dans le plus grand secret, dirigeait rien moins que toutes les activités du monde. Quant au nombre des recrues aux échelons inférieurs, je ne me risquerai pas à avancer un chiffre. L'échelon le plus obscur, les « serviteurs des Neuf » comptait certainement plus d'un demi-million d'individus. Aucun d'entre eux ne connaissait l'existence de l'élixir et n'avait vu les Neuf.

C'est parmi nous, les candidats, que devaient être choisis les remplaçants des Neuf si l'un ou l'autre venait à mourir.

Dans le tome IX de mes Mémoires, on retrouvait Clio dans notre domaine de Grandrith, qui réunit un manoir, un château, une forêt et le village de Cloamby. (James Cloamby, vicomte de Grandrith, tel est mon véritable titre.) A l'époque j'étais dans notre plantation au Kenya quand, un matin, je fus jeté en bas de mon lit par l'explosion d'une grenade appartenant à un régiment d'artillerie locale qui, sur les ordres du vieux Jomo Kenyatta, essayait de m'effacer de la surface du globe. Sa façon à lui de mettre fin à une situation qui s'éternisait depuis plusieurs années, période pendant laquelle je refusai obstinément d'embrasser la nationalité kényane ou de quitter le pays. (Mais peut-être est-ce un autre fonctionnaire de l'Administration qui avait pris la décision de m'éliminer.)

Je survécus à l'attentat, et pris la fuite avec l'armée à mes trousses. Non seulement ça, mais j'avais aussi un Albanais nommé Enver Noli qui s'accrochait à mes basques, avec toute sa troupe de bandits arabes armés jusqu'aux dents, dans l'espoir que je les conduirais à ma mine d'or en Ouganda. Ce que je fis, à ce détail près qu'il n'y avait là-bas plus trace d'or depuis longtemps. Entre-temps, un mystérieux ennemi avait lâché un lion sur moi. Je découvris qu'il s'agissait de

Doc Caliban et de deux hommes âgés, les derniers survivants de la bande qui l'avait aidé autrefois à combattre le Mal.

Doc Caliban était un phénomène aussi surprenant que moi. Si je suis l'Homme Sauvage, l'Homme de la Jungle, il méritait d'être appelé l'Homme Civilisé, l'Homme de la Cité. Depuis son plus jeune âge, il s'était entraîné à développer toutes ses potentialités, aussi bien physiques que mentales, et elles étaient considérables. En fait, ses pouvoirs étaient probablement, après les miens, les plus puissants qui soient au monde. Rien d'étonnant : son grand-père et le mien était un des premiers hommes de l'âge de pierre, XauXaz, que son âge et sa puissance plaçaient en seconde position, tout de suite après Anana, à la table ronde des Neuf. Ce qui explique aussi pourquoi mon squelette et celui de Doc, beaucoup plus lourdement charpentés que ceux d'un homme moderne, offrent une base beaucoup plus large à nos muscles massifs.

Mais, à l'époque, nous ignorions encore que XauXaz était notre ancêtre commun.

Caliban me donnait la chasse parce qu'il me tenait pour responsable de la disparition de sa belle cousine, Patricia, lors d'une expédition scientifique en Afrique.

L'élixir d'immortalité entraîne souvent des effets secondaires imprévisibles. Ceux dont nous étions affligés, Doc et moi, nous avaient frappés à peu près simultanément, et pendant la même période nous avons présenté tous les symptômes de deux psychonévroses jumelles. (Ceux que le sujet intéresse peuvent se reporter au tome IX de mes Mémoires.)

Notre premier face-à-face eut lieu sur l'arche de

pierre qui mène aux cavernes des Neuf. Mais on nous empêcha de nous battre. XauXaz était mort, et, parmi les cinq cents candidats, nous avions été élus Doc et moi pour nous disputer la place vacante. Après la cérémonie, nous devions être lâchés dans la nature, et la victoire serait acquise au seul survivant.

C'est à cette occasion qu'Anana nous apprit que nous étions demi-frères. Notre père, lord Grandrith, avait été candidat lui aussi. Suite à des effets secondaires tout à fait malheureux, il était devenu fou. Pour ne rien vous cacher, sa folie l'avait transformé en un monstre sauvage, mieux connu de l'Histoire sous le nom de Jack l'Éventreur.

Une fois guéri, lord Grandrith avait émigré aux États-Unis où il avait pris le nom de Caliban. Les effets secondaires s'étaient dissipés mais il gardait intact le souvenir des atrocités qu'il avait commises. Se prenant en sainte horreur, il s'était juré de former son fils américain à combattre le Mal. Je crois qu'il avait l'intention de lui révéler la vérité et de le dresser contre les Neuf. Ils ne lui laissèrent pas le temps de réaliser son projet, mais dès son plus jeune âge Doc apprit à éviter toute publicité, pour ne pas attirer sur lui l'attention de ses futurs ennemis. Il aurait pu, par exemple, établir des records athlétiques imbattables (pourvu que je n'entre pas en compétition) mais il ne pratiqua jamais aucun sport, ni au collège ni à l'université.

Par la suite, Doc devint le plus grand chirurgien de tous les temps, et une autorité respectée dans différents domaines, depuis l'archéologie jusqu'à la chimie, en passant par bon nombre d'autres disciplines. Naturellement, il continuait à éviter toute publicité. Malgré ces précautions, un écrivain entendit parler de ses exploits et l'utilisa, lui et ses assistants, pour une histoire à épisodes dans un torchon quelconque. Les « biographies » de Caliban s'éloignent encore plus de la réalité que les miennes, ce qui n'empêche pas ses aventures de contenir un soupçon de vérité.

Quand les Neuf me rendirent ma liberté après les cérémonies, je gagnai un abri que j'avais construit dans un arbre lors de mes vacances avec Clio. Là, je trouvai un fou qui me singeait. C'est lui qui avait enlevé Pat, la cousine de Doc. Je la sauvai, et elle m'accompagna en Angleterre où je savais que Doc et Enver Noli ne tarderaient pas à reparaître. Tous deux prévoyaient de s'emparer de Clio pour faire pression sur moi.

A ce moment-là, je commençais déjà à me demander si toute cette histoire n'avait pas été forgée par les Neuf. Ils pouvaient très bien nous avoir administré de quoi engendrer nos « effets secondaires ». Ils avaient pu aussi manigancer l'enlèvement de Pat et laisser se propager la nouvelle de sa mort pour pousser Doc à me tuer. Une chose est sûre, les Neuf étaient les seuls responsables de la mort de lord Grandrith. Ils avaient dû découvrir ses projets et décider de l'éliminer. A l'époque, Doc ne connaissait pas encore l'existence des Neuf, et à ce jour il ne les a jamais soupçonnés de l'assassinat de notre père. Quand ils lui ont offert l'immortalité, il s'est contenté d'accepter, tout comme je l'ai fait. Et tout comme, j'en suis convaincu, n'importe qui le ferait.

De retour au domaine de Cloamby, Doc et moi nous avons exterminé la bande de Noli, et, bien que j'aie essayé de l'en dissuader, nous nous sommes battus en combat singulier. Nous nous sommes écorchés vifs, taillés en pièces comme deux léopards à la saison des amours, et nous avons failli mourir tous les deux. Mais l'élixir de jouvence possède, entre autres, la propriété de régénérer les organes, et ceux que nous avions perdus eurent tôt fait de repousser.

Nous étions enfin guéris des « effets secondaires ». Les Neuf nous avaient trompés, et, ce jour-là, nous nous sommes juré de les combattre ensemble. Nous savions combien nos chances étaient dérisoires, mais je commençai par tuer les émissaires venus nous convoquer à une réunion des Neuf à Londres, et je pris la fuite avec Doc.

Tout ceci est raconté dans le tome IX de mes Mémoires.

Depuis, Doc, sa cousine, Clio et moi nous sommes partis chacun de notre côté. Avec Clio, j'ai fait deux fois le tour du monde. Au cours du premier voyage, j'ai expédié le manuscrit du Tome IX depuis un bureau de poste de Los Angeles à l'éditeur du présent récit, et je l'ai rencontré à Kansas City chez un ami commun.

De Los Angeles, j'ai gagné New York. Puis j'ai traversé l'Atlantique avec Clio, à bord d'un des avions que Doc gare en permanence dans un hangar près de la pointe de Long Island. Après un voyage en rase-mottes au-dessus des vagues, nous avons atterri sur une piste désaffectée du Devonshire dans une propriété qui m'appartient. De là, nous avons gagné Londres en voiture, et je suis entré en contact avec Doc par l'intermédiaire de l'émetteur à ondes courtes de notre planque de Marylebone Borough.

Doc avait deux nouveaux « assistants », les fils des anciens. Ils étaient tous les trois sur la piste d'Iwaldi, en Allemagne, et il voulait que je les rejoigne. Mais de mon côté j'avais déjà projeté d'aller explorer les cavernes des Neuf. Je n'avais pas l'intention de me battre avec qui que ce soit, sauf si le risque était assez minime pour valoir la peine d'être couru. Je comptais simplement repérer les lieux pour le jour où Doc et moi nous serions prêts à passer à l'attaque.

Je pensais ne trouver aucun des Neuf sur place car ce n'était pas l'époque des cérémonies, mais je m'attendais à une armée de sentinelles et à un arsenal de mines et autres installations défensives. Sans avoir aucune certitude, il me semblait improbable que l'entrée des cavernes ne soit pas gardée. Bien qu'elles soient situées dans une région aride et presque inaccessible, à l'écart de toute civilisation, il ne manque jamais de chercheurs d'or et de prospecteurs de pétrole pour fouiner dans les coins les plus reculés. Dès leur première apparition dans les environs, les Neuf avaient joué de la superstition des populations locales pour les éloigner des montagnes. Et comme ils exerçaient secrètement un contrôle absolu dans les hautes sphères des administrations ougandaises et kényanes, rien n'excluait qu'on prenne les mesures nécessaires pour déclarer les montagnes zone interdite afin que les Neuf puissent tuer en toute impunité quiconque cédait au démon de la curiosité.

J'étais trop connu au Kenya et en Ouganda pour m'y risquer ouvertement. Mieux valait atterrir gentiment sur la côte du Gabon et, en voyageant selon mon mode de transport préféré, seul et à pied, traverser les forêts équatoriales de l'Afrique centrale, éviter tout contact avec l'humanité, et m'approcher comme une ombre. Personne ne s'attendant à ma visite, je pourrais alors me livrer à mes investigations en toute tranquillité.

C'est surtout la zone ouest des cavernes qui m'intéressait. Les candidats étaient invariablement invités à suivre un itinéraire strictement délimité à la zone est, et toute exploration était punie d'une existence particulièrement douloureuse qui se soldait inévitablement par la mort réservée à ceux qui outrepassaient la loi.

Doc n'insista pas. Il est très indépendant. Et puis, bien que je puisse me tromper, je crois qu'il préférait ne pas s'associer à moi. Il avait sans doute raison car nous sommes tous les deux extrêmement individualistes. Ce qui ne nous empêche pas de savoir exécuter des ordres le cas échéant. En tant qu'officier de l'armée US, Doc a obtenu plusieurs médailles en 1918, et, de mon côté, j'ai été successivement major et colonel de la RAF pendant la Seconde Guerre mondiale. Nous nous sommes également pliés à une discipline très sévère quand nous avons fait nos études de médecine. Mais nous avons chacun notre manière de faire, et surtout chacun de nous conserve un reliquat d'inquiétude quant à sa propre suprématie.

Cela peut paraître puéril, mais quand on a su pendant tant d'années qu'on est le plus fort, le plus rapide et le plus doué de la planète et qu'on tombe tout à coup sur quelqu'un qui semble tout aussi fort, tout aussi rapide et tout aussi doué, on a des doutes. Vous pouvez lire l'issue de notre combat singulier dans le tome IX de mes Mémoires. Il ne veut pas dire grand-chose. Quand deux adversaires sont aussi bien assortis, le vaincu est en droit de se demander si l'issue de la bataille ne sera pas différente la prochaine fois. Je suis certain que Doc y pensait de temps en temps et s'accusait d'infantilisme, mais qu'il ne pouvait s'empêcher de s'interroger à nouveau.

Dans ces conditions mieux valait que nous attaquions les Neuf chacun de notre côté – pour l'instant en tout cas.

***

L'idée d'être laissée pour compte n'enchantait guère Clio, mais je ne voulais pas m'encombrer inutilement dans ma traversée de la forêt équatoriale. Aussi résistante que soit cette délicate beauté blonde, elle n'est pas née en Afrique et n'a pas reçu une éducation sauvage. L'unique être humain que j'aurais pu envisager d'emmener avec moi, parce que je le savais capable de se montrer à la hauteur d'un environnement implacable, c'était Doc Caliban.

Je dis donc au revoir à Clio et quittai Londres, ville dont j'exècre la foule, le tumulte et l'odeur. Je m'envolais le plus illégalement du monde vers une destination secrète, mais je fis halte aux abords de Port-Gentil pour contacter certains de mes espions, et les agents des Neuf en profitèrent pour me repérer.

Les circonstances dans lesquelles j'avais échappé à la mort défiaient la mécanique aveugle et les lois des probabilités de l'Univers. Mais je le répète, quelque chose en moi attire la bonne fortune ou, à défaut, tourne en ma faveur les coïncidences malheureuses. Peu de gens ont cette faculté. D'après ce qu'il m'a dit, Doc pourrait bien posséder un fragment de cet « aimant magique », comme je l'appelle.

Bien sûr, un jour l'inévitable se produira. Une balle me labourera le cerveau, je tomberai d'un arbre, je dégringolerai l'escalier, ou bien une voiture grillera un stop et m'écrasera, à moins qu'un chauffage à gaz défectueux ne provoque ma mort par asphyxie... Ce qui me remet en mémoire le poème de Merrill Moore « Mise en garde », où il dit : « La Mort est la plus vigoureuse des choses animées. »

Cela m'arrivera, comme à tout le monde. En attendant, je continue à vivre comme si, des choses animées, c'était moi la plus vigoureuse.

J'étais de retour au pays et je poussai un soupir de soulagement. Je savais bien que ce répit serait de courte durée, mais, pour la première fois depuis longtemps, il m'était donné de respirer vraiment. Nulle part ailleurs que sous la voûte impénétrable de la forêt équatoriale l'air n'a cette qualité vivifiante. Le moindre souffle contient toute la verdure d'êtres extraordinairement vivants, qu'ils appartiennent au règne végétal ou au règne animal.

Contrairement à ce que s'imaginent la plupart des gens, malgré la proximité de l'équateur il ne règne pas une chaleur accablante dans la forêt. Certes, en surface, la brûlure du soleil peut être fatale. Mais au niveau inférieur, comme au fond d'un puits protégé par l'enchevêtrement d'innombrables couches de lianes, de feuilles et de plantes grimpantes, la température est tout à fait tempérée et pratiquement constante. Au niveau du sol, la forêt est aussi aérée qu'un parc bien entretenu. On n'y rencontre absolument pas ce fouillis de végétation inextricable où il faut se tailler un chemin à coups de machette, et que les gens ont coutume d'associer au mot « jungle » à cause de l'idée propagée par les productions hollywoodiennes.

En fait, si les hommes de Murtagh m'avaient attrapé ici, ils m'auraient réduit en miettes une bonne dizaine de fois avant que je puisse m'écrouler. Le niveau inférieur est beaucoup trop clairsemé pour le genre de combat que je venais d'essuyer. Évidemment, si j'avais eu la possibilité de grimper dans un arbre pour gagner le niveau intermédiaire j'aurais réussi à m'enfuir à travers l'entrelacs des branches. Malgré mes cent vingt-cinq kilos, je peux parcourir de longues distances en passant par les arbres. Pas du tout en me balançant au bout d'une liane, autre fiction hollywoodienne absolument irréalisable. (Je l'ai cependant mise en pratique plusieurs fois dans des cas de danger extrême.) A pied, et sans trop me presser, j'ai souvent franchi des dizaines de miles sans une seule fois effleurer la terre. Et quand j'étais plus jeune, j'étais encore plus vif.

Cette fois, pressé par le temps, je me cantonnai au niveau inférieur. Je trottai allègrement jusqu'à ce que je trouve une mare où me désaltérer. Puis, comme j'avais faim, je me mis en chasse et finis par apercevoir un phacochère presque adulte. Je me lançai à sa poursuite, et il prit la fuite au galop. Mais mon endurance me rend imbattable et, finalement, la bête s'arrêta pour me faire face, les flancs pantelants, ses petits yeux traversés d'éclairs sauvages et désespérés, une écume blanche dégoulinant goutte à goutte de ses défenses.

Laissant de côté mon fusil, qui aurait fait trop de bruit, je bondis en avant. L'animal tenta de pivoter et mon poignard lui trancha la jugulaire. Je bus son sang à même le garrot alors que son cœur battant le faisait encore jaillir à coups réguliers, puis je dépeçai la bête. J'en mangeai la moitié sur place, emportant l'autre moitié – les meilleurs morceaux – enveloppés dans sa peau.

Le cochon sauvage s'écartant rarement de son point d'eau, il devait obligatoirement y en avoir un à proximité. Je me rappelai alors le petit ruisseau qui coulait au nord, à un mile de là. J'y bus tout mon content et mangeai encore un peu de mon sanglier. J'avais eu de la chance de croiser sa route. Habituellement, ils ne quittent leur litière au creux des roseaux que la nuit, pour se nourrir, et ils ne se déplacent qu'en hardes de vingt bêtes ou plus.

J'avais souvent rencontré des gens qui, ignorant à qui ils s'adressaient, se moquaient ouvertement de mes possibilités de survie en milieu naturel. A les entendre, si j'avais mangé toute cette viande crue, j'aurais depuis longtemps été infesté de vers et autres parasites intestinaux.

Ils oublient que bon nombre d'indigènes n'ont pas d'autre régime alimentaire, et qu'ils ne sont pas malades pour autant. Certains sont contaminés, c'est vrai. Mais je suis persuadé que je n'ai jamais été malade parce que j'avais en moi de quoi tuer bactéries, virus et parasites. Je suis convaincu que les Neuf régentaient déjà ma vie avant ma venue au monde. De la même façon que je crois qu'ils m'ont immunisé, je crois qu'ils ont veillé personnellement à prendre les dispositions nécessaires pour que je sois élevé comme un véritable sauvage par la Tribu. (L'analyse qui m'a conduit à cette conclusion apparaît dans le tome II de mes Mémoires, non encore publié.) Par conséquent, mon mode de vie n'a pas été plus « naturel » que celui de Doc Caliban. Ce qui m'amène à me demander combien d'hommes, célèbres ou obscurs, ont été « modifiés » par les Neuf. Combien de génies doivent leur intelligence aux redoutables anciens qui tirent toutes les ficelles dans le secret de leurs demeures.

Je me remis en route comme le crépuscule s'emparait du sous-bois. En surface, le soleil devait toucher l'horizon. Il régnait un calme relatif à l'abri des grands arbres, où seul le bavardage criard d'un groupe de mangabeys charbonneux venait troubler le silence. Ce sont de grands singes affublés d'une longue queue dont la fourrure grise, particulièrement fournie autour de la tête, encadre un visage rose parsemé de taches d'un brun grisâtre. Leur chair excellente est un de mes régals.

J'envisageais de monter me nicher dans un arbre, quand derrière moi retentirent les aboiements furieux de la meute.

Murtagh n'avait pas abandonné. Je ne sais pas comment il avait pu me rattraper alors que je me déplaçais beaucoup plus rapidement que ses troupes – à moins de faire appel à de nouveaux hélicoptères.

Je jetai à regret les restes de mon sanglier, et, de retour au ruisseau, je me lavai à grande eau. Puis j'escaladai un tronc d'environ cinq mètres, jusqu'au niveau intermédiaire. De là, je me servis de l'enchevêtrement des branches pour remonter à la source du tintamarre. Naturellement, ils ne pouvaient manquer de découvrir l'endroit où j'avais gagné les hauteurs. Pas manquer non plus d'arroser les parages d'une averse de balles. Assumant que je les fuyais, leur tir serait principalement dirigé à l'est. Il ne leur viendrait pas à l'idée, du moins je l'espérais, que j'aurais l'audace de revenir sur mes pas pour les prendre à revers en passant au-dessus de leurs têtes.

Quinze minutes d'une lente progression me menèrent à destination. Arrimé à une branche enserrée dans un épais manteau de lianes et de feuilles, je me mis en faction. En contrebas, régnait déjà une profonde obscurité que trouaient d'innombrables torches électriques et autres lampes tempêtes. Dans mon abri, les derniers rayons de soleil filtraient encore, et sans les larges feuilles qui me cernaient de toutes parts, il aurait suffi à mes poursuivants de lever les yeux pour découvrir ma silhouette qui se dessinait contre le ciel pâle.

Revêtu de mon habit d'ombre, je demeurais invisible. Maintenant, plus question de bouger. Le moindre mouvement risquait de plier l'arceau des plantes grimpantes qui couraient de branche en branche entre ciel et terre, et d'éveiller l'attention des chiens, voire celle des hommes, dont l'ouïe est pourtant loin d'être fine.

Je les laissai prendre quelques centaines de mètres d'avance. Le nez à terre, les molosses remontèrent ma piste jusqu'au moment où, éclatant en rugissements féroces, ils s'élancèrent vers l'endroit où j'avais tué le phacochère. Bientôt, ils filaient de leurs quatre pattes à travers bois, tandis que les faisceaux des torches s'entrecroisaient en tous sens pour balayer la forêt vierge dans un ballet désordonné.

Je suis certain que les soldats se seraient volontiers arrêtés pour la nuit. Ils s'aventuraient au cœur de mon territoire, et ils ne devaient pas en mener large après les événements de la journée. Mais ils poursuivirent leur route, Murtagh en tête, sans s'accorder une seule halte avant d'atteindre l'arbre que j'avais choisi pour gagner la voie des airs. Une seconde plus tard, la voûte sombre vibrait de coups de feu qui, à des miles à la ronde, tirèrent singes et oiseaux de leur sommeil. Le remue-ménage et les criailleries des volatiles durèrent longtemps après que Murtagh eut donné l'ordre de cesser le feu.

Si j'avais été caché dans un des arbres qui se dressaient à cent mètres à la ronde j'aurais été touché une dizaine de fois. Il me suffit pour m'en convaincre d'entendre siffler dans ma direction quelques balles perdues, à deux cents mètres en retrait de la scène, soigneusement abrité derrière un énorme tronc. Après avoir canardé, ils entreprirent de fouiller l'obscurité du faisceau de leurs torches, dans l'espoir de découvrir mon cadavre suspendu à une branche ou étendu à terre.

Quand ses hommes transmirent à Murtagh le résultat négatif de l'opération, il se garda de tout commentaire. Sa silhouette parlait pour lui. L'échec prenait des allures de désastre. Il aboya un ordre (à cette distance, je ne l'entendis pas, évidemment) et ils dressèrent le camp.

Ce fut fait en un rien de temps. Tous, sauf Murtagh, portaient un paquetage sur le dos. Un peu de nourriture, un peu d'eau, quelques médicaments et beaucoup de munitions, plus des tentes et des meubles pliants.

L'invention de ces tentes dont l'usage est exclusivement réservé aux serviteurs des Neuf est due à Doc Caliban. Je ne vois pas à quoi les comparer sinon au vaisseau du héros de la mythologie scandinave, Skidbladnir, qui, d'un seul mot, réduisait son navire à la taille d'un mouchoir de poche. En l'occurrence, pour déplier le mouchoir il suffisait de lui imprimer une brève secousse, comme pour faire claquer un fouet. A la place du vaisseau de Skidbladnir, des dizaines et des dizaines de mètres de tissu se déployaient, flottant au vent comme un étendard. Ce tissu, comparable par sa finesse et sa légèreté à une toile d'araignée, avait la particularité d'offrir une étanchéité inégalable à la lumière, à l'humidité et au froid, et une résistance égale à celle d'une feuille d'aluminium d'un pouce d'épaisseur.

L'armature télescopique de la tente tenait dans un tube de soixante centimètres de long sur dix centimètres de diamètre, et se montait en moins de soixante secondes. Il suffisait alors de déposer la toile dessus et d'attacher chaque extrémité à des piquets plantés dans le sol. La forêt ne fournit pas beaucoup de bois sec, mais peu importe. Les hommes de Murtagh transportaient aussi de petites boîtes métalliques qui, une fois dépliées, présentaient six grands brûleurs sur des trépieds. Alimentés par le gaz d'un liquide sous pression, ils servaient à la fois pour la cuisine et le chauffage. Doc a mis ces tentes et ces réchauds au point en 1937, mais seuls les Neuf ont bénéficié de leur invention. Bien des travaux qu'il a effectués dans les années 30 font encore, même de nos jours, figure d'innovations d'avant-garde.

Quand ils eurent installé les lampes destinées à éclairer a giorno les alentours immédiats, les soldats entreprirent de tendre des fils barbelés autour du camp pour mettre en place tout un réseau de petits émetteurs. Ces appareils, reliés au poste central, sonneraient l'alarme au passage de tout être vivant plus conséquent qu'un singe. Mieux valait ne pas approcher le champ ouvert par le circuit électrique.

La tente de Murtagh se dressait au centre du cercle formé par les autres. Je comptai une cinquantaine d'hommes et trente chiens, arrivés en hélicoptères, c'était certain. Sur le périmètre du camp, des sentinelles montaient la garde deux par deux à un mètre cinquante d'intervalle. Passé la périphérie, la jungle était baignée sur encore deux bons mètres d'une clarté aveuglante. La relève avait lieu toutes les heures.

J'aurais facilement pu me laisser tomber sur la tente de Murtagh, mais l'idée de choir de trois mètres de haut ne me souriait guère, même après mon exploit du matin. D'ailleurs, à quoi bon le tuer si je devais être taillé en pièces? Je ne voyais pas non plus l'utilité de le tirer de loin comme un lapin. Seul un hasard exceptionnel m'avait permis de sortir sain et sauf de l'embuscade qu'ils m'avaient tendue dans la brousse. Ici, où ma liberté de mouvement était réduite par l'équilibre précaire des branches, ils pourraient aisément me rattraper, à moins qu'une fois encore la chance ne se montre particulièrement souriante à mon égard. Il est des fois où il vaut mieux ne pas trop abuser de sa bonne fortune.

Je voulais néanmoins savoir ce qui se tramait. Lentement, je m'infiltrai dans la voûte des feuillages avec une infinie prudence. Non seulement pour éviter de faire du bruit, mais surtout parce que à chaque pas je devais tester la fiabilité d'un support qui n'était pas toujours ancré très solidement. Je suis tombé plusieurs fois quand j'étais un jeune habitant de la forêt, évitant par deux fois de me rompre le cou en me suspendant à une liane qui eut la bonté de ne pas se décrocher, et une autre fois en m'agrippant in extremis à une basse branche au moment même où je plongeais pour m'écraser au sol trois mètres plus bas. Et j'avais vu aussi trois membres de la Tribu ne pas avoir ma chance alors qu'ils perdaient pied pour s'engouffrer dans la grande trappe où ils laissèrent la plupart de leurs os.

A intervalles réguliers, le mince rayon d'une torche se faufilait dans l'enchevêtrement des branches et perçait l'obscurité au hasard, pour illuminer les troncs géants qui, dans la lumière crue, ressemblaient aux piliers grossiers d'une mine souterraine hantée par les gnomes. Puis, remontant d'un bond vers l'arche obscure qui masquait le ciel, le bref éclair de lumière allumait au passage des reflets rougeâtres dans l'œil d'une chouette, d'un galago ou d'un serval.

Ceux qui n'étaient pas de garde se partagèrent un repas à base de boîtes de conserve. Assis sur une chaise pliante devant une table pliante à l'entrée de sa tente, Murtagh conférait avec ses officiers. Posté juste au-dessus, je réussis à saisir quelques mots, mais la plus grande partie de leur conseil de guerre m'échappa. Malheureusement pour moi, il n'avait pas poussé l'obligeance jusqu'à planter sa tente sous un arbre dont les branches auraient rasé le sol.

Je parvins cependant à m'allonger sur un matelas de lianes retenu par une basse branche relativement stable. La voix rauque des soldats portait assez pour que je puisse espérer glaner quelques renseignements. Deux d'entre eux, un Canadien et un métis congolais, discutaient en français, pour tromper la surveillance de Murtagh, j'imagine.

A mon avis, un homme aussi cultivé que Murtagh se devait de parler couramment le français, et je crois qu'ils comptaient surtout sur leur accent pour rester inintelligibles. Ils ne se trompaient pas. C'est à peine si je comprenais la moitié du discours du Canadien; quant au patois du Congolais, je doute qu'un Parisien en eût saisi un seul mot. Eux-mêmes se répétaient sans arrêt pour tenter de franchir la barrière des langues.

– Admettons que son avion a explosé, disait le Congolais. Si ce diable blanc est tombé de trois cents mètres sans parachute et qu'il a nagé jusqu'à la côte pour nous sauter dessus et tuer la moitié de la troupe, je me demande bien ce qu'on fiche ici.

– On est là pour obéir à Murtagh, et on lui obéit parce qu'il nous paie bien, répondit l'autre. Si tu veux mon avis, ce diable blanc, comme tu dis, doit être complètement cinglé. Il y a pas d'autres explications. Jamais il prendrait tous ces risques sinon. Et puis tu sais, moi, sa chute miraculeuse, j'en crois pas un mot, et...

– J'ai entendu le rapport de mes propres oreilles! J'étais juste derrière Murtagh quand le pilote a appelé par radio. L'avion a explosé et il a vu le corps de Grandrith valdinguer en bas. Il l'a regardé jusqu'au bout, et il n'avait pas de parachute.

– Tu as peut-être raison. Un jour, j'ai lu l'histoire d'un type qui avait fait une chute de six cents mètres dans la neige et qui s'en était tiré. C'est pas des bobards, ça j'en suis sûr. C'était écrit dans l'édition française du *Reader's Digest*. Ça s'est passé pendant la Deuxième Guerre mondiale. S'il y en a d'autres qui s'en sont tirés, pourquoi qu'il pourrait pas aussi?

– Peut-être. Mais comment il a fait pour nous filer entre les pattes? Tu crois que ça existe, toi, des types qui sont assez veinards pour survivre à une chute pareille et puis passer entre nos balles et réduire quatre hélicoptères en bouillie? Et les quinze types qu'il a bousillés, hein? Et les chiens? Tu y as pensé, aux chiens qu'il a égorgés?

Pendant qu'ils parlaient, la lune s'était levée et m'avait déniché. J'occupais le niveau le plus bas des couches supérieures, sous une trouée qui me laissait entrevoir les plus hauts ramages de la forêt. D'en bas, bien entendu, personne ne pouvait me voir.

Je prêtais une oreille attentive à mes deux informateurs. Ils échangèrent deux ou trois commentaires sur Murtagh et les officiers, et évoquèrent ce qu'ils feraient de leur solde dès leur retour à la civilisation. Puis ils prononcèrent quelques mots au sujet de la base, située à une courte distance, quelque part au nord-est. Le radio, Smith, n'avait donc pas menti.

J'aurais dû m'en aller sans attendre. La base était mon prochain objectif. A défaut de l'explorer, je pouvais toujours rôder dans les parages et écouter aux portes. Ou enlever quelqu'un qui, volontairement ou non, me fournirait les informations en sa possession.

Mais je m'attardai encore, dans l'espoir d'en apprendre davantage. C'est alors que j'entendis les feuilles bruire derrière moi. Ma guirlande de grenades était posée sur le matelas de lianes, avec mon fusil; je me retournai en brandissant mon poignard. Une forme diffuse se dessina au clair de lune – une petite guenon, me sembla-t-il, et juste derrière, une silhouette ailée lancée à sa poursuite.

L'aigle avait dû fondre sur sa proie par la trouée ouverte sur le ciel. Brutalement tirée de son sommeil, la petite guenon fuyait au hasard. Elle bondit à travers les lianes et s'abattit sur moi. Je l'écartai du revers de la main. Laissant échapper un cri plaintif, elle agrippa un rameau et disparut, engloutie par l'obscurité.

Son sort m'importait peu. Le rapace suivait sa proie de si près qu'il ne me vit pas avant d'avoir enfoncé ses serres dans ma chair, pour me labourer la poitrine en poussant des cris suraigus.

Je me rappelle avoir entendu quelqu'un hurler juste en dessous. Un rond de lumière tourbillonna dans les lianes avant de m'épingler dans son faisceau. Au même instant, je tombai, avec l'aigle. L'équilibre précaire de mon perchoir n'avait pas résisté à l'assaut de l'oiseau de proie, ni à mes mouvements désordonnés pour essayer de me libérer de l'emprise douloureuse de ses serres.

Je l'ai déjà dit, mon « aimant magique » veille à organiser des coïncidences qui paraîtraient incroyables sous la plume d'un écrivain ou d'un scénariste, et maintes fois il a fait tourner à mon avantage les circonstances les plus fâcheuses.

Mais arrive toujours un moment où il faut régler ses

comptes et payer le meilleur par le pire; à chaque action sa réaction.

C'était maintenant l'heure de la malchance. Je tombais d'une hauteur de trois mètres et cette fois, si mes facultés n'avaient pas été paralysées par l'horreur de la situation, j'aurais certainement pensé que je venais d'atteindre le bout d'une piste exceptionnellement longue et intéressante. Je ne pouvais pas escompter survivre à deux chutes le même jour, même si la seconde était beaucoup moins spectaculaire que la première.

Je n'avais pas touché terre que déjà les coups de feu explosaient dans la nuit. L'aigle poussa un hurlement tandis que plusieurs balles le pulvérisaient dans une pluie de plumes.

Les projecteurs et le toit verdâtre d'une tente oscillaient sous mes yeux, roulant de bâbord à tribord, disparaissant de ma vue, se rapprochant, tandis qu'à mes oreilles sifflaient le souffle du vent et le piaulement des balles. Les mâchoires crispées, je plongeai dans le vide, plus que jamais déterminé à ne pas leur offrir le plaisir de m'entendre pousser ne serait-ce qu'un gémissement.

Puis je perdis conscience.

***

Quand je rouvris les yeux, il faisait nuit. Je fus extrêmement surpris. Pas à cause de l'obscurité. Simplement, je m'attendais à être mort depuis longtemps.

Les soldats avaient remonté la tente où je m'étais écrasé sur le dos, bras et jambes écartés. Sous mon poids, la toile s'était creusée jusqu'à toucher terre, mais si elle avait amorti le choc, m'évitant de me rompre l'échine, je n'en avais pas moins des contusions sur tout le corps.

J'étais couché par terre, à l'intérieur d'un cercle composé de six gardes qui me tenaient au bout de leurs fusils. Mes mains, attachées derrière le dos, étaient ornées de menottes. A la hauteur des chevilles, mes jambes étaient reliées par une chaîne de duralumin cadenassée à des fers qui m'encerclaient les tibias. Et ce n'est pas tout. On m'avait enserré la taille dans ce qui paraissait être un ceinturon de duralumin lui aussi, qui maintenait sur mon abdomen un disque de plastique d'environ vingt centimètres de diamètre sur trois centimètres d'épaisseur. Mon propre ceinturon et mon couteau avaient disparu, cela va sans dire.

Murtagh se tenait près de moi, devant le garde le plus proche. Il se pencha pour me regarder sous le nez. Ses yeux avaient un éclat cadavérique, ses pommettes saillaient plus que jamais, et sa tête oscillait, agitée de ce va-et-vient répugnant qui échappait visiblement au contrôle de sa volonté.

– Lord Grandrith, dit-il en se redressant lentement. Le seul et unique *Pelus blancus simiarum* de la planète. Le démon de la jungle. Le dernier sauvage. Seigneur des Arbres, esprit primitif de l'Afrique la plus noire, membre de la Chambre des lords et numéro un des athlètes de ce monde.

Sa voix était aiguë et perçante. Tout en lui me déplaisait. Même son odeur, mais je ne pense pas que les autres aient été en mesure de la sentir.

– Un traître, aussi! continuait-il. Et un cadavre d'ici peu! A l'instant même, s'il ne tenait qu'à moi! Vous êtes beaucoup trop dangereux pour qu'on vous laisse en vie une seconde de trop!

Il n'y avait rien à répondre à cela, et je me contentai de le gratifier d'un regard noir.

– D'ici peu, vous regretterez que je n'aie pas pu vous régler votre compte. Le vieux Mubaniga veut qu'on vous conduise à la base, et on va vous y conduire. Après quoi vous tomberez dans les griffes des Neuf. Vous savez à quoi vous attendre.

Malgré la fraîcheur de la terre gorgée d'humidité, je transpirais. Pas de peur, non. Simplement, j'ai une imagination particulièrement fertile. Je me représentais parfaitement certains des traitements qu'on me réservait.

– Mathématiquement, vos chances de vous tirer indemne de cet avion, sans parler de votre chute, étaient si minces que... euh, et puis... Vous êtes bien le premier qui me fasse bégayer! Toutes mes félicitations. Croyez-moi, ce seront les dernières qui vous auront été adressées.

Sur un regard féroce, il pivota et rentra dans sa tente.

Je me tournai pour jeter un coup d'œil autour de moi. Aucun des gardes ne broncha. Derrière les six premiers, j'en découvris quatre autres postés en renfort. Apparemment, la situation était sans issue. Je ne testai même pas la solidité de mes menottes. Jamais je ne pourrais briser les chaînons de métal qui m'attachaient les pieds. Et même si j'y arrivais, je ne serais pas plus avancé.

Le temps de fermer les yeux, je dormais déjà. Cette faculté de se couper du monde pour reprendre des forces quelles que soient les circonstances est propre à la gent animale. Mon biographe l'a souligné un nombre incalculable de fois, j'appartiens à moitié au règne animal.

Une main qui me secouait me tira de mon sommeil. En temps normal, j'aurais entendu l'homme s'approcher, je l'aurais senti aussi, mais j'étais épuisé. J'avais vraiment eu une rude journée.

C'était Murtagh, qui réapparaissait quelques minutes après que je me fus endormi. La privation de sommeil entrait-elle dans les tortures préliminaires? Je ne crois pas. Il se contenta de sourire, ce qui renforçait encore sa ressemblance avec un reptile.

– Vous n'êtes guère curieux, Lord Grandrith. Savez-vous ce que vous avez, là, sur le ventre?

Je ne répondis pas.

Il ricana.

– Je vais vous le dire. C'est un dispositif très ingénieux. Si par hasard vous parveniez à vous enfuir, vous n'iriez pas très loin. Voyez vous-même, ajouta-t-il, en me présentant un coffret métallique. Voici un émetteur. Regardez ce bouton. Il suffit d'appuyer dessus, et il transmet un signal de mise à feu. Le récepteur est attaché au détonateur de la charge de plastique enfermée dans le disque. Vous devinez la suite? Une petite pression, et votre ventre – plus tout le reste – s'éparpillerait en petits morceaux. Même les moineaux n'y trouveraient pas leur compte. Maintenant, si vous deviez arriver à vous débarrasser de vos menottes et à vous défaire du ceinturon, vous ne pourriez pas enlever le disque sans vous arracher la peau en même temps. Il est collé à l'époxy.

Il semblait évident que la portée de cet émetteur-détonateur ne devait pas être illimitée. Mais je ne dis rien.

Murtagh hésita avant de reprendre, avec son affreux sourire :

– Ah! Et j'allais oublier. J'étais l'un des dix candidats choisis pour vous remplacer, vous et Caliban. Grâce à votre capture, ou à votre mort, je deviens l'un des deux seuls en liste. L'autre sera probablement celui qui se sera emparé de Caliban. Comme on m'a autorisé à me lancer à sa poursuite dès que je vous aurai remis aux mains des autorités, il y a de grandes chances pour que je me retrouve seul en tête. Vous voyez? Je ne vais plus tarder à m'asseoir à la table des Neuf.

Je demeurai silencieux. Retroussant ses lèvres, il découvrit ses crocs jaunes et fit un bruit de succion comme s'il allait me cracher à la figure. Mais il s'écarta, et la toile de sa tente retomba derrière lui.

Moins de cinq secondes plus tard, je m'étais rendormi.

***

On me secoua à six heures du matin. Je m'étais à moitié réveillé plusieurs fois dans la nuit à cause de la pluie. La voûte des feuillages l'empêchait de tomber directement sur moi mais par-ci par-là une large goutte ou un mince filet d'eau me tiraient de mon sommeil. Je suis habitué à ce genre de désagréments. Même une baisse de température considérable ou une averse diluvienne ne m'affectent pas vraiment. Ce n'était pas le cas de mes gardes. Ils voyaient d'un mauvais œil le fait d'être obligés de rester dehors. Mais s'ils maugréaient, ils le faisaient avec assez de discrétion pour échapper aux remontrances de leurs chefs.

Quelques minutes après le coup de sifflet du réveil, Murtagh fit son apparition. il me fixa longuement, comme pour s'assurer que je n'allais pas me volatiliser en même temps que ses espoirs de récompense. Puis il s'engouffra à nouveau dans sa tente et bientôt j'entendis bourdonner un rasoir électrique.

Les réchauds furent allumés, et on m'enleva mes menottes pour que je puisse manger tout seul. Six gardes restaient attachés à mon service. Après le petit déjeuner, ils me laissèrent me lever. Je m'étirai et me contorsionnai en tous sens, pour assouplir mon dos raide et mes membres engourdis. Je souffrais encore des suites de ma chute, et la nuit que j'avais passée enchaîné n'arrangeait rien.

Je n'avais pas le choix. Je me laissai docilement ligoter les mains derrière le dos. Mes gardes me libérèrent de mes fers, et je fus même autorisé à faire les cent pas pendant que le reste de la troupe levait le camp, réduisant à nouveau les tentes aux dimensions d'un mouchoir de poche.

Montants métalliques, meubles et réchauds télescopiques reprirent place dans les paquetages. Écrasées à coups de bottes, les boîtes de conserve vides allèrent rejoindre les autres détritus entassés dans un coin. Quelques gouttes d'essence et une allumette suffirent à transformer le tout en fumée. Un homme dispersa les cendres, et, au moment du départ, il ne subsistait aucune trace de notre passage. Pas même les trous des piquets, que des soldats avaient effacés en les piétinant de leurs bottes munies de larges disques de plastique.

Armé d'une boussole et d'un petit appareil qu'il portait souvent à son oreille, Murtagh ouvrit la marche.

Excepté pour un indigène, il est très facile de s'égarer dans la forêt. Quand je dis indigène, je ne parle pas de l'Africain moyen, qui ne s'aventure dans le monde des géants verts qu'à son corps défendant. Seuls les pygmées, les anthropoïdes, la Tribu, et les bêtes sauvages qui hantent les paisibles territoires de l'intérieur savent retrouver leur chemin dans le dédale de la jungle. Eux, et moi.

Je ne comprenais pas pourquoi Murtagh ne nous faisait pas revenir sur nos pas pour regagner, par où il était venu, la lisière des arbres, distante de six miles à peine. Mais il semblait savoir ce qu'il faisait et, après une demi-journée de marche, notre troupe déboucha dans une clairière artificielle qui ouvrait entre les cimes un puits assez large pour livrer passage à au moins deux hélicoptères.

Un Sikorsky S.62 ne tarda pas à venir se poser. A nouveau on m'entrava les chevilles, et je dus clopiner jusqu'à l'appareil, où je me hissai péniblement. Murtagh et douze soldats montèrent à bord. Les autres seraient manifestement rapatriés plus tard, en plusieurs voyages. Cette constatation me mit du baume au cœur. A défaut d'autre chose, j'avais tout de même réussi à amoindrir leurs forces aériennes.

Je me trompais. Vingt-cinq minutes de vol, selon la montre de Murtagh, nous conduisirent à une autre clairière, artificielle elle aussi mais beaucoup plus vaste. Une quarantaine de tentes dressées en cercles concentriques en occupaient la plus grande partie. Sur le côté, un espace était réservé aux hélicoptères, au nombre de deux pour l'instant. Je ne vis aucune trace de jet ni de piste qui leur permette d'atterrir.

Pendant tout le voyage, Murtagh, assis devant moi, n'avait pas dit un seul mot. A un moment, il s'était retourné et avait souri. Il paraissait immensément fier de lui et avait tout du « grand homme blanc » qui revient de la chasse avec la tête du plus gros éléphant jamais abattu. Les autres ne pipaient pas non plus. Je m'attendais de leur part à un peu plus d'enthousiasme. Il est vrai qu'ils étaient en droit de craindre quelques remontrances. Après tout, leur efficacité laissait à désirer. Ils avaient permis à un seul homme de les tailler en pièces. Pis encore, au lieu d'être due à leur habileté, ma capture n'était qu'un effet du hasard.

Pourquoi Murtagh, chef et responsable de l'expédition, ne partageait-il pas l'inquiétude légitime de ses hommes?

Je crois en fait que, ayant accompli sa mission, il se moquait du reste. C'était d'ailleurs la philosophie personnelle des Neuf : atteindre l'objectif à n'importe quel prix.

On me laissa sautiller à terre avant de m'enlever mes fers. Murtagh sortit l'émetteur-détonateur de sa poche, l'agita avec un petit sourire et ordonna à mon escorte de me faire marcher devant lui. Trois cercles de tentes nous séparaient de celle du chef, dressée au centre. C'était la plus grande, environ trois mètres de haut. Des sentinelles gardaient l'entrée et les quatre coins, aussi bien à l'extérieur qu'à l'intérieur.

Une toile divisait la tente en deux. Murtagh salua l'officier assis devant la tenture et lui tendit une petite carte plastifiée. Je suis certain qu'ils se connaissaient bien, tous les deux, ce qui n'empêcha pas de procéder aux vérifications réglementaires. L'officier inséra la carte dans une boîte métallique surmontée d'un écran. Je ne vis pas ce qui s'inscrivit sur l'écran, mais cela parut le satisfaire. Il décrocha un téléphone volant, pour annoncer l'arrivée du docteur Murtagh et du prisonnier, et écouta attentivement la réponse avant de raccrocher.

– Le détonateur, ordonna-t-il, le doigt pointé sur l'appareil.

Pendant quelques secondes, Murtagh ne bougea pas plus qu'une statue, à part sa tête, qui continua son balancement lancinant. Il ouvrit la bouche, comme pour protester, mais se ressaisit immédiatement. L'officier prit le détonateur et disparut derrière la tenture. Quand il revint, il avait les mains vides.

Celui qui nous attendait souhaitait visiblement garder le contrôle. A sa place, j'en aurais fait autant. Murtagh était trop ambitieux pour ne pas essayer de me faire sauter, en même temps que son supérieur, quitte à prétendre ensuite que c'était un accident ou une ultime tentative pour m'empêcher de fuir.

En réalité, il y avait très peu de chances pour qu'il se risque à cette manœuvre maintenant qu'il avait pratiquement gagné son siège à la table des Neuf. Mais celui qui nous attendait de l'autre côté de la tenture avait survécu à trop de millénaires pour laisser au hasard le soin de régler certains détails.

C'était Mubaniga.

Il trônait, derrière un grand bureau pliant. Pour ménager la fragilité de sa peau parcheminée et de ses os, des centaines de fois centenaires, des fourrures de léopard rembourraient son fauteuil pliant à dossier droit. Sous ses cheveux, crépus et blancs, son visage d'un noir grisâtre était sillonné de plis et de saillies ravinés. Sa bouche s'ouvrait sur des dents larges et espacées. De ses yeux noirs striés de filets rouges et jaunes, profondément enfoncés dans leurs orbites, filtrait un regard implacable. Il portait une combinaison de saut blanche, et une écharpe noire ceignait son cou ridé.

Mubaniga, l'un des Neuf. Je l'avais rencontré au moins une fois l'an pendant cinquante-sept ans. Jamais, sauf une fois, il n'était sorti de sa réserve hautaine, et nos entrevues avaient toujours été assez brèves bien que très éprouvantes pour moi. Elles avaient pour cadre les cérémonies rituelles pendant lesquelles les candidats offraient un peu de leur chair en échange de l'élixir de jeunesse.

En fait, c'est pendant les sept mois où j'avais exercé les fonctions de speaker – une sorte de majordome – que j'avais appris à mieux le connaître. Mubaniga ne m'adressait jamais la parole, sauf pour me donner des ordres, mais j'assistais à toutes les réunions et j'écoutais souvent les Neuf discuter entre eux. J'écoutais aussi Mubaniga quand il se parlait à lui-même, dans une langue qui est probablement l'ancêtre des dialectes bantou et semi-bantou connus de nos jours.

Pour les avoir pratiquées de très longues années, je connais les langues africaines mieux que tout être humain, blanc ou noir, et j'ai obtenu un doctorat à l'université de Berlin. Ma thèse (non publiée à ce jour) s'inspirait d'ailleurs de l'enseignement que Mubaniga m'avait prodigué à son insu.

A force de l'entendre monologuer, j'étais parvenu à saisir une infime partie de ce qu'il disait, et une parenté évidente m'était apparue entre son dialecte et celui d'une petite tribu de Nouvelle-Guinée que j'avais découverte au hasard de mes déplacements pendant la Seconde Guerre mondiale.

La théorie que je développais dans ma thèse mettait en évidence le fait que les Négroïdes, originaires du Sud-Est asiatique et plus probablement du sud de l'Inde, s'étaient dispersés dans deux directions principales : la Mélanésie et l'Afrique, où devait évoluer la race noire. Chassés vers le sud par les Blancs d'Afrique du Nord, les Noirs avaient exterminé, ou intégré, les ancêtres des Hottentots et des Boshimans. Quant à ceux que le courant des migrations n'avait pas touchés, ils avaient été peu à peu assimilés par les Caucasoïdes et les Mongoloïdes.

Malgré ses deux mille deux cent cinquante ans, Mubaniga était né bien après les premières migrations. Mais il se rappelait les légendes, les mythes et la tradition orale d'une époque où le sud de l'Arabie et l'Afrique étaient reliés par une mince bande de terre. Ma thèse était donc fondée sur des faits réels, mais je ne pouvais évidemment pas demander à Mubaniga de venir en témoigner. Les érudits allemands avaient commencé par rejeter ma théorie, avant de reconnaître la validité des indices linguistiques qui la soutenaient. Pas assez pour accepter mes conclusions; suffisamment cependant pour me qualifier de brillant sujet.

Et voilà que Mubaniga me faisait face à nouveau, et fixait sur moi son féroce regard de léopard. Il baragouinait un anglais bancal, mais il choisit de s'adresser à moi en swahili, langue qu'il parlait à peine mieux et que, pour ma part, je maîtrise à la perfection.

– Ainsi, te voilà au terme de ta longue route. Longue pour toi, je suppose, mais extrêmement courte à mes yeux.

Personne ne pouvait le contredire sur ce point. Je haussai les épaules.

– Quand on est mort, qu'importe si on a vécu trente mille années ou un seul jour? Cela ne fait aucune différence. Et si je suis parvenu au terme du voyage, le tien n'est pas loin de s'achever aussi.

Mubaniga gloussa et s'empara du détonateur posé sur la table.

– Si la fin est si proche, je peux aussi bien appuyer sur ce petit bouton. On déblaiera le plancher, toi et moi, plus tous ceux qui sont dans la tente et pas mal de ceux qui sont dehors.

Murtagh devait connaître le swahili. Il inspira l'air dans un chuintement, et il blêmit.

L'ancien reposa le détonateur, mais garda la main dessus.

– Rusé comme le lièvre, fort comme le léopard et aussi increvable qu'une hyène, tu aurais été tout à fait à ta place à notre table. Tu aurais pu siéger trente mille ans. Comme Anana. Mais non. Il a fallu que tu gaspilles tes chances. Et pourquoi? Parce que tu n'arrivais pas à digérer certaines choses sans la moindre signification pour des immortels! As-tu oublié que tous ces gens sur qui tu t'apitoies seront morts d'ici quelques années? Rien de ce que tu entreprends contre eux ne peut réellement leur faire du mal. Ils ne méritent aucune pitié. La seule chose qui compte, c'est que tu es éternel, ou presque. Les autres n'ont aucune espèce d'importance.

– Je comprends le principe. Mais nous avons notre dignité, Doc et moi. Ce que vous vouliez nous faire avaler ne passait pas.

Ce fut à lui de hausser les épaules.

– Vous n'êtes pas les premiers à réagir de la sorte. D'autres candidats ont péri en essayant de nous combattre.

Il se tourna vers Murtagh, pour ajouter :

– Inutile d'utiliser nos drogues pour découvrir où est Caliban. Nos agents l'ont signalé à Gramzdorf, en Allemagne de l'Ouest. Mais il est évident que Grandrith et lui sont à la tête d'une organisation qui vise à nous détruire. Soutirez-lui les renseignements nécessaires. Après quoi rendez-vous en Allemagne pour prendre la direction des opérations. A moins que

Caliban ne soit capturé avant que vous n'en ayez terminé avec Grandrith, naturellement.

Le seul effet de ce discours fut d'atténuer légèrement les oscillations du cou de Murtagh.

– Merci beaucoup, Sir, murmura-t-il.

Mubaniga sourit.

– Vous aurez tout le temps de me remercier tout à l'heure. Si vous en avez encore la force.

L'espace de trente secondes, le cou de Murtagh cessa pour de bon son va-et-vient, et son visage devint plus livide encore.

J'ignorais ce que voulait dire Mubaniga, mais je ne tardai pas à le découvrir. Contrairement à ce que j'imaginais, on ne m'enferma pas tout de suite dans une tente pour m'interroger. On commença par me servir à déjeuner, avant de me conduire dans la clairière.

Un siège avait été déplié pour Mubaniga. Il tenait toujours le détonateur à la main. A quinze mètres de là, se dressaient vingt-cinq poteaux de deux mètres de haut. On me poussa vers eux en me donnant l'ordre de m'arrêter à un mètre du premier.

Apparurent alors Murtagh et vingt-quatre de ses hommes. Nus jusqu'à la taille, ils s'avancèrent en file indienne sous l'œil vigilant des gardes. Smith, le radio que j'avais épargné, faisait partie du lot.

Le dos tourné à la clairière, on leur ligota les mains au sommet des poteaux. Un inconnu qui, je l'appris plus tard, se nommait Greenrigg, s'approcha avec un long fouet. Avec ses deux mètres zéro trois, Greenrigg arborait une panse rebondie et un bon matelas de graisse. Mais même après une diète d'un mois, son poids ne serait sans doute jamais descendu en dessous de cent trente-cinq kilos.

Sur un signe de Mubaniga, il leva sa mèche une première fois. Le dos de Murtagh en eut les honneurs, et la lanière s'abattit en tailladant sa peau d'une zébrure sanglante. Puis ce fut le tour du suivant, et ainsi de suite jusqu'au bout du rang. Greenrigg pivota, revenant à Murtagh pour amorcer sa deuxième tournée. En tout ils reçurent tous dix coups de fouet chacun – sauf Smith. Au dernier tour, ceux qui ne s'étaient pas évanouis éclataient en hurlements inhumains ou en gémissements inaudibles. Seul Murtagh gardait la tête haute. Et quand on le détacha il se dirigea sans hâte, d'un pas digne et les dents toujours serrées, vers la tente de l'infirmerie pour faire panser ses blessures.

Les autres ne furent pas autorisés à quitter les lieux avant d'avoir assisté à la torture de Smith, qui fut fouetté jusqu'à ce que mort s'ensuive. Personne n'eut besoin de m'expliquer pourquoi. Je connaissais suffisamment les Neuf pour le deviner. Smith s'était laissé faire prisonnier. A part l'usage d'une drogue comme celle qu'ils me destinaient, rien ne leur permettait de savoir ce qu'il m'avait dit ou non. Ils n'avaient pas de temps à perdre en interrogatoires. Et puis, son agonie ferait un exemple.

Murtagh avait atteint son objectif; il n'était donc pas relevé de ses fonctions. Mais la façon dont il avait mené sa mission était loin de satisfaire les Neuf et méritait une sanction. Tout laissait penser que, s'il ne se débrouillait pas mieux avec Caliban, il perdrait son titre de candidat, et peut-être la vie.

Un de ceux qui n'appartenaient pas à son état-major et qui, de ce fait, avait échappé au châtiment, commit l'imprudence de se moquer de lui. Murtagh le remit à sa place d'une balle en plein cœur, et rengaina son .45

encore fumant sans que Mubaniga ait fait mine d'intervenir. Murtagh avait payé ses erreurs. Puisqu'il n'était pas démis de ses fonctions, personne ne pouvait se permettre de le traiter autrement qu'avec tout le respect dû à un officier des Neuf.

Tout de suite après cet incident, je fus enchaîné au plancher d'un des petits hélicoptères. Murtagh et deux de ses hommes m'accompagnaient. La dernière image que j'emportai de Mubaniga fut celle d'une petite silhouette blanche et d'un visage noir levé vers nous. J'ignorais si je le reverrais jamais, mais j'espérais que, si cela devait se produire, ce serait pour étrangler son vieux cou entre mes mains. Comme vous voyez, ma situation avait beau être délicate, ça n'entamait en rien mon optimisme. Je n'étais pas encore mort.

L'appareil se stabilisa à cent cinquante mètres d'altitude, pour survoler le toit inviolable de la jungle et atterrir, après une course de deux cents miles, sur une piste gagnée sur la forêt. Là, on nous transféra à bord d'un avion britannique qui pouvait transporter six passagers. A nouveau on cadenassa mes fers à un anneau du plancher mais, cette fois, j'avais les mains attachées devant. Murtagh avait récupéré son détonateur. Il y avait peu de chances pour qu'il l'actionne à bord, et il y en avait encore moins que je le pousse à s'en servir.

On nous servit à dîner. La nuit tomba, et je m'endormis. Je me réveillai à l'appel de mon nom, juste avant que le jet n'amorce sa descente. Cette piste-là aussi avait été gagnée sur la jungle, au fond d'une vallée relativement plane. D'après les pics déchiquetés qui nous cernaient, la vallée devait se trouver bien au-dessus du niveau de la mer. Le jet dut se faufiler entre les parois d'un défilé pour piquer vers la piste, qui s'ouvrait au pied de la muraille. C'est à peine si elle était assez large pour lui permettre d'effectuer son demi-tour en vue du prochain décollage.

De nombreuses balises illuminaient le terrain où nous attendait un contingent de soldats, noirs pour la plupart. Une jeep nous emporta à flanc de montagne par une piste étroite. Le chauffeur, originaire de Zanzibar et portant le fez, dévorait les lacets à toute allure sans se soucier des roues qui mordaient souvent dans le vide d'un précipice vertigineux. Murtagh, qui ne pouvait s'empêcher de grimacer de douleur, finit par demander au chauffeur de ralentir un peu.

Son dos ne le faisait pas autant souffrir que s'il n'avait pas appartenu à l'armée des Neuf. Le baume qu'on lui avait appliqué cicatrisait rapidement ses blessures et atténuait considérablement ses souffrances. Ce médicament, autre enfant du génie de Caliban, aurait été une bénédiction pour le monde entier, mais, comme pour tant de ses inventions, son usage était strictement réservé aux Neuf et à leurs serviteurs. Il ne déplaisait pas aux anciens qui siégeaient à la table de chêne de garder pour eux de telles découvertes. Et puis, s'ils l'avaient autorisé à révéler la plus infime partie de ses travaux, Doc serait devenu en un clin d'œil l'homme le plus célèbre de la planète, et les Neuf n'appréciaient pas ce genre de publicité. Ils l'avaient d'ailleurs prouvé à l'époque où Doc pratiquait la neurochirurgie dans le plus grand hôpital de New York, en mettant fin à sa brillante carrière parce que son incomparable savoir-faire et ses innovations révolutionnaires avaient attiré sur lui l'attention de ses confrères médecins.

La jeep poursuivait maintenant son ascension à une telle lenteur que nous pouvions bavarder tout à loisir, Murtagh et moi.

– Vous n'avez laissé aucune de mes questions sans réponse, m'apprit-il tranquillement. Vos hommes vont tomber dans le piège. Le tour de Caliban ne tardera pas.

– Vous m'avez drogué dans l'avion?

Le reflet des phares sur les falaises grisâtres qui s'élevaient à notre gauche illumina son visage. Il souriait.

– En même temps qu'on vous a servi votre dîner. Vous ne vous êtes pas montré très coopératif. J'ai dû faire appel à toute mon expérience pour vous extorquer des renseignements. Mais vous avez parlé. Et ceux qui vous servent seront pris.

– Ils ignorent contre qui ils se battent.

Il haussa les épaules.

– Aucune importance. Ils vous ont aidé.

Ces hommes s'étaient engagés à mon service en toute connaissance de cause. Ils savaient qu'ils risquaient gros en me prêtant main-forte. Pourtant, en un sens, j'avais l'impression de les avoir trahis, et de savoir que personne ne pouvait résister à ce genre d'interrogatoire n'atténuait en rien mon sentiment de culpabilité.

Heureusement, je savais que je n'avais pas pu renseigner Murtagh au sujet de Doc. S'il se sentait sûr de lui, ce n'était pas grâce à moi. Doc ne m'avait jamais mis au courant du fonctionnement de son organisation, et ses hommes et les miens n'entretenant que des liaisons radio, Murtagh n'avait aucun moyen de dénicher une piste au-delà des Vosges.

J'étouffai un grognement. Au frémissement de mes lèvres, Murtagh devina ce qui me tracassait.

– Ah! oui. Vous nous avez dit où se trouve votre femme.

Il attendit. Voyant que je ne répondrais pas, il ajouta :

– Si cela peut vous consoler, nous allons la faire venir ici. Nous ne supportons pas de séparer un homme de son épouse.

J'avais l'espoir que Clio réussirait à s'échapper à temps, mais je me gardai bien de lui en faire part. Qu'il ne compte pas sur moi pour lui fournir un indice quelconque.

J'étais tellement furieux – surtout après moi – que je l'aurais volontiers attrapé par le revers de sa veste pour l'entraîner dans le précipice ouvert sur notre droite, mais j'avais les mains attachées dans le dos, les pieds enchaînés au plancher, et les pistolets de Murtagh et de ses hommes braqués sur moi.

– Vos qualités et celles de Caliban ne font aucun doute, reprit-il. Elles vous désignaient d'office au grade de candidats. Mais c'est seulement parce que vous étiez les petits-enfants de XauXaz qu'on vous a choisis pour vous disputer son siège.

Il ne pouvait pas être au courant de notre parenté, à moins de m'avoir interrogé à ce sujet. C'était un jeu dangereux. Les Neuf n'aiment pas qu'on fouine dans leurs affaires. Il est vrai qu'aucun de ceux qui briguent un siège à la table des Neuf ne pêche par manque de courage ou d'audace.

Le fait que Murtagh se sente obligé de souligner que Doc et moi avions été choisis par simple favoritisme en disait long sur les doutes qu'il concevait à son propre sujet. Et qu'il ne puisse résister au besoin de m'apprendre qu'il était au courant de notre parenté avec XauXaz m'éclairait davantage encore sur son caractère.

Le ciel commençait à blanchir au-dessus des pics.

Nous avions franchi le col et amorcé la descente. Le temps que la jeep atteigne le pied de l'autre versant, l'aube avait touché le fond de la vallée.

La piste traversait une zone semi-désertique. Il y avait si peu de traces d'humidité que je me demandais si nous n'étions pas à l'intérieur des montagnes où se cachent les cavernes des Neuf. La jungle s'étend de part et d'autre, mais une anomalie atmosphérique en écarte les masses nuageuses qui passent nettement au-dessus ou au large.

Au bout de quelques centaines de mètres, la jeep dut s'arrêter. Devant nous se dressaient une lourde porte et un mur qui fermait la vallée sur toute sa largeur. Le sommet du rempart de ciment se hérissait de miradors. Trois mitrailleuses et un canon Bofors pointaient leur nez aux meurtrières. L'homme à gauche du chauffeur descendit glisser une carte dans une fente du mur. Une minute plus tard, les portes s'ouvrirent. La jeep repartit, et les battants d'acier de quatre mètres de haut pivotèrent derrière elle.

La piste serpentait entre des tentes du type Caliban. Je comptai trente hommes dans le camp et une vingtaine au rempart. Au-delà des dernières tentes, notre route s'infiltra en ligne droite dans le goulet formé par la vallée qui s'étranglait au fil des kilomètres.

En amont, des guetteurs invisibles se livrèrent par radio à une nouvelle vérification de nos identités. De telles mesures de sécurité ne pouvaient que me conforter dans mon hypothèse. Nous devions être dangereusement près des cavernes. La conversation qui s'établit entre Murtagh et ses correspondants m'apprit qu'ils manquaient de matériel. Je ne sais pourquoi, j'eus l'impression que des missions importantes (parmi lesquelles figurait peut-être ma capture) avaient entamé les effectifs cantonnés dans cette zone.

La jeep passa sous une immense saillie de granite gris tacheté de rouge. Des cavités creusées au pied de la roche, nous contemplaient les visages blancs et noirs d'un bataillon de sentinelles. Comme la jeep reprenait de la vitesse, je jetai un coup d'œil en arrière. A trois mètres au-dessus de la saillie, une sorte de grotte abritait d'autres soldats armés. Si c'était l'entrée secrète des cavernes, elle était bien gardée.

Le chauffeur amorça un virage pour contourner le flanc ventru d'un épaulement rocheux, et après encore deux miles de piste cahoteuse, il s'arrêta dans un dernier rugissement de moteur. A cet endroit, les montagnes se touchaient presque. Au fond du goulet, la lumière de l'aube paraissait aqueuse. Le soleil devait rester invisible la plupart du temps.

La jeep stoppa : les hommes sautèrent à terre. On ouvrit le cadenas qui m'enchaînait au plancher et on m'ordonna de descendre. Notre colonne s'ébranla sur un sentier trop étroit pour notre véhicule. Au bout de deux minutes, il nous fallut à nouveau montrer patte blanche à un poste de garde tenu par quatre sentinelles. Un peu plus loin, le sentier s'arrêtait net, sur un à-pic d'une soixantaine de mètres.

De l'autre côté du gouffre, à environ trois cents mètres de là, la montagne s'élevait à nouveau, émergeant des profondeurs selon sa courbe naturelle.

Murtagh me poussa du canon de son arme jusqu'au bord du précipice. Je regardai en bas. Le fond de la gorge était tapissé de roches nues et stériles, à l'exception de rares brins d'herbe et d'arbustes rabougris qui poussaient le long d'un ruisseau d'un mètre cinquante de large. Ce cours d'eau prenait sa source dans un petit lac à une extrémité du canyon, et disparaissait à l'autre bout dans les entrailles de la falaise où je me tenais. Les seuls signes de vie étaient trois petites huttes de pierre accolées à la paroi d'en face.

Sur ma droite, un moteur rugit. Je me tournai, pour voir un camion approcher en marche arrière. Il transportait une grue et un gros rouleau de câble avec un panier de cuir tressé à son extrémité. J'étais manifestement censé m'asseoir dedans pour me laisser descendre.

Son visage oscillant doucement de gauche à droite, ses longues dents jaunes découvertes dans un sourire carnassier, Murtagh ne me quitta pas des yeux tandis qu'on m'enlevait mes menottes. Je m'étirai et procédai à quelques flexions. Puis, sur son ordre, je grimpai dans la nacelle. Je n'avais pas le choix de toute façon. Jusqu'au bout, je restai le point de mire de leurs canons.

Le camion continua à reculer, ses roues au ras de l'abîme, et je me retrouvai suspendu dans le vide. Le câble se dévida lentement. Les falaises, incurvées vers le bas, présentaient une surface incroyablement lisse. Comme si toutes les aspérités pouvant servir de points d'appui avaient été soigneusement passées au papier de verre.

Je mis pied à terre et la nacelle eut tôt fait de remonter. D'en bas, les visages penchés vers moi ressemblaient à des petites lunes noires et blanches. Un à un, ils disparurent.

Ils me connaissaient trop pour craindre que je mette fin à mes jours. Ils pouvaient partir en toute tranquillité. J'étais en parfaite sécurité dans cette fosse, qui allait me servir de prison jusqu'au jugement.

***

Je commençai par flairer et goûter l'eau du ruisseau, qui était excellente. Puis je remontai lentement le cours d'eau. A la hauteur des huttes de pierre, je me figeai.

Je détectai la présence d'une femelle humaine et d'une autre créature, que je n'arrivai pas à identifier immédiatement. Soudain, ma nuque se hérissa, et je poussai un grognement. C'est un mâle de la Tribu qui occupait une de ces huttes.

Une femme passa sa tête à la porte et, me voyant, s'élança vers moi.

– James! cria-t-elle en riant. James! C'est vraiment toi?

Il m'avait suffi d'entendre sa voix pour savoir à qui j'avais affaire. Une beauté d'un mètre quatre-vingt-quatre et demi aux cheveux blond vénitien me sauta au cou. C'était la comtesse danoise Clara Aekajaer. Notre dernière rencontre remontait à huit mois, lors de la cérémonie annuelle. Clara arborait toujours la même tenue vestimentaire, sans maquillage, mais elle n'en avait nul besoin.

Elle me serra dans ses bras avec toutes les « vibrations charnelles » qu'Ève devait réserver à Adam. Son sourire n'aurait pas été plus éblouissant si j'étais venu spécialement pour la libérer de sa geôle à ciel ouvert.

Je ne lui accordai guère d'attention, préférant me concentrer sur l'occupant de la hutte voisine. L'apparition de sa tête par une ouverture confirma l'intuition de mon odorat.

Je ne l'avais jamais vu. Rien d'étonnant, la Tribu a

toujours vécu à l'écart et, comme leurs ancêtres, ses derniers représentants sont affligés d'une timidité maladive. Je croyais la race éteinte, à l'exception d'une femelle, dont huit mois plus tôt j'avais été obligé de tuer le mâle. Pourtant devant moi se tenait un autre *st-tbh*, ou Tueur de Léopard d'après une traduction très approximative; un jeune et grand mâle, apparemment en parfaite santé.

Debout sur le seuil, il resta un long moment immobile dans la lumière blanchâtre. Il mesurait environ un mètre quatre-vingt-dix, et son squelette lourdement charpenté ne supportait pas moins de cent soixante kilos de muscles. De longs poils roussâtres couvraient sa peau d'un brun sombre. Contrairement aux apparences, son épiderme était beaucoup moins poilu que celui d'un humain. Mais, comme chez le chimpanzé, la longueur suppléait au nombre.

Sa morphologie, y compris les fesses rebondies et la forme du pelvis, aurait incité un anthropologue à le classer d'emblée parmi les hominidés. Ses jambes étaient pourtant un peu trop courtes, et ses bras beaucoup trop longs. Ses pieds se différenciaient suffisamment de ceux d'un singe pour être comparés à ceux d'un homme de Néanderthal.

Les membres de la Tribu n'ont jamais marché à quatre pattes, comme le gorille, ni comme mon biographe l'a affirmé dans le passage qu'il leur a consacré parce qu'il ignorait beaucoup de détails à l'époque où il a rédigé ses deux premiers volumes. Dans un premier temps, il a comblé ses lacunes en faisant appel à sa seule imagination, et par la suite, bien qu'il eût reconnu ses erreurs, il a toujours refusé de les corriger pour préserver l'homogénéité du récit.

Le cou de mon vis-à-vis était épais et puissant. Au

premier regard, son visage rappelait celui d'un gorille, et je suppose qu'aux yeux d'un profane il ne serait pas apparu autrement, même après une longue période de fréquentation. Remarquez, il semble inimaginable qu'aucun être vivant – à part moi – n'ait accepté de le fréquenter sans être séparé de lui par les barreaux d'une cage. Ses énormes arcades sourcilières, son nez plat, épaté, ses mandibules protubérantes, son menton fuyant, ses lèvres noires retroussées sur de longues canines jaunes, son front bas et la crête de son crâne auraient effrayé, ou du moins mis mal à l'aise, la plupart des humains.

Il ressemblait trait pour trait aux reproductions du *Paranthropus*, le grand hominidé herbivore qui peuplait l'Est africain il y a un million d'années. Végétarien, il l'était en principe, et sa denture rappelait celle du gorille, qui n'est pas carnassier. Mais ceux de la Tribu mangeaient de la viande à l'occasion. Et ce n'était pas la seule anomalie. La taille de leur cerveau était exceptionnelle, et puis ils parlaient. Leurs ancêtres avaient nourri plus d'une légende. Celui qui se tenait devant moi était la version gigantesque de l'*agogwe*, nom que les indigènes donnent dans leurs contes aux « petits hommes poilus » de la jungle.

Il chaloupa dans ma direction, se déhanchant de droite et de gauche, ses longs bras ballant le long du corps et ses énormes poings agités de soubresauts. Sa cage thoracique pointée en avant et son torse colossal se soulevaient à un rythme d'une rapidité inquiétante.

Pour m'adresser à lui, j'eus recours à la langue de la Tribu, douce comme un murmure. Il se figea, battit des paupières, et se remit en route. Je répétai mon message. Il s'arrêta à nouveau, et dit :

– Qu'est-ce que c'est que ce charabia?

Je n'en revenais pas. Il parlait anglais! Sa prononciation n'était pas parfaite, la forme de sa cavité buccale l'empêchant de reproduire une bonne partie des sonorités anglaises. Les voyelles, entre autres, lui donnaient beaucoup de mal. Incapable de les articuler, il en faisait des voyelles ouvertes comme le *o* de *port* ou le premier *e* de *heure*. Mais il parlait l'anglais aussi couramment que si ç'avait été sa langue maternelle, ce qui était effectivement le cas. Jamais jusqu'à ce jour il n'avait entendu la langue de la Tribu.

Contrairement à ce que je croyais, son attitude n'était pas agressive. Je m'étais méfié instinctivement parce que tous les mâles de son espèce, quelles que soient leurs véritables intentions, commencent toujours par se montrer belliqueux. J'avais tort. Celui-ci voulait simplement bavarder – en anglais ou en swahili.

Il me raconta son histoire, et Clara me fournit les explications qui échappaient à sa compréhension. Vingt ans plus tôt, un agent des Neuf s'était emparé de lui quand il n'avait encore que quelques jours. Sur l'ordre des Neuf, Dick, comme ils l'avaient baptisé, avait été élevé avec les enfants d'un couple de Kényans au service de l'organisation. Il avait passé toutes ses premières années à la lisière de la forêt vierge, à l'est de la frontière congolaise, puis à douze ans on l'avait expédié ici.

– Dans quel but?

Clara posa ses longs doigts fuselés sur mon bras.

– James, les Neuf ont dû penser qu'il leur serait utile un jour ou l'autre. Ce jour pourrait d'ailleurs être venu. Ça ne m'étonnerait pas qu'ils vous jettent tous les deux dans une arène, pour vous regarder tranquillement vous mettre en pièces.

– C'est vrai? demandai-je à Dick.

– Tout ce que je sais, c'est qu'il y avait un type qui n'arrêtait pas de m'asticoter et de me lancer des pierres quand j'avais le dos tourné. Il mélangeait aussi des tas de trucs à ma nourriture pour me rendre malade. Je ne l'ai jamais pris sur le fait, mais je sais que c'était lui. Il ne pouvait pas me sentir. Je sais pas pourquoi. Moi, je lui avais rien fait. A la fin, je me suis plaint à mon supérieur, qui lui a dit de me laisser tranquille. Mais l'autre, Scanner il s'appelait, il a continué à me chercher. Et puis un soir, en me fourrant au lit, j'ai trouvé un serpent venimeux qui n'était sûrement pas venu là tout seul. Alors je me suis mis en colère. Évidemment, c'était Scanner. Je n'avais pas l'intention de le tuer, mais je lui ai cassé la mâchoire et le cou en même temps. Après, j'ai eu beau leur dire que ce n'était pas de ma faute, ils m'ont descendu ici.

C'était très bizarre de l'entendre s'exprimer en anglais. Il est vrai que, malgré ses origines, il n'avait rien de commun avec la Tribu – à part son héritage génétique.

– A mon avis, cette histoire avec Scanner n'a été qu'un prétexte, intervint Clara.

– Dans ce cas, que fait-il ici?

– C'est notre gardien. Le tien, plus exactement. Ils savent bien que je ne peux pas m'échapper. Tu sais, les Neuf sont tout à fait capables de dresser Dick contre toi juste pour s'amuser.

Elle avait peut-être raison. D'un autre côté, c'est peut-être Dick qui disait la vérité et Clara qui était chargée de veiller sur moi. Pas pour m'empêcher de m'évader; pour me soutirer les informations que Murtagh n'avait pas réussi à m'arracher. Leurs drogues sont très efficaces, mais le sujet questionné fournit des réponses extrêmement laconiques. Si celui qui pose les questions ne les formule pas de façon précise, il n'obtient pas grand-chose. Connaissant mon amitié pour Clara, les Neuf espéraient peut-être qu'elle saurait jouer de ses charmes pour me faire parler.

Je ne lui demandai pas pourquoi elle était prisonnière. Logiquement, elle allait me le révéler dans les plus brefs délais. Ce qu'elle fit, d'un ton excédé, comme pour me reprocher mon manque apparent de curiosité.

Les Neuf l'avaient chargée d'une mission à Rio de Janeiro, et, au lieu de quitter Londres sur l'heure, elle avait retardé son départ, pour l'amour d'un Anglais. On l'avait droguée et transportée ici en avion. Pour faire un exemple, pensait-elle, en lui réservant une de ces morts hideuses dont les Neuf avaient le secret.

Cette perspective ne paraissait guère l'émouvoir, mais Clara était connue pour son courage. Peut-être s'en moquait-elle, tout simplement. C'était une créature impulsive et passionnée qui vivait intensément l'instant présent sans se soucier des conséquences. Elle était cependant assez intelligente pour se douter de ce qui l'attendait.

– Tu connaissais le sort qu'on réserve à ceux qui font la sourde oreille. Tu ne peux t'en prendre qu'à toi.

– Mais j'étais folle de cet homme!

Je souris. Clara était toujours follement amoureuse de celui-ci ou de cet autre, comme si pour renouveler l'ardeur de sa passion elle était obligée de changer très souvent de partenaire.

A midi, notre déjeuner descendit dans un filet attaché au câble. Il n'y avait pas de couverts, pour nous éviter de nous en faire des armes ou des outils, j'imagine. La nourriture était bonne et abondante, quoiqu'un peu trop cuite à mon goût. Le menu de Dick se composait de viande, de pousses de bambou, de noix, de baies et de bananes.

Au cours du repas, je lui demandai s'il voulait participer à ma tentative d'évasion. Cette question ne faisait de tort à personne; s'il était là pour me surveiller, c'est qu'on s'attendait à ce que j'essaie de lui fausser compagnie.

Le même raisonnement s'appliquait à Clara.

– Oui, répondit-il, en me jetant un coup d'œil par-dessous ses énormes arcades sourcilières. Mais où aller? Même si on pouvait partir, ce qui n'est pas possible, où irions-nous?

Question épineuse. Dick était absolument incapable de s'intégrer aux sociétés indigènes de ma connaissance. Ou bien il serait tué, ou bien il servirait de cobaye à une armée de savants bien intentionnés. Il ne pouvait pas non plus être lâché dans la nature. Incapable de survivre, il serait dans la situation d'un Européen égaré en pleine forêt vierge.

– En t'arrachant tes canines et en te rasant tout le corps, on pourrait te faire passer pour un spécimen particulièrement hideux de la race humaine – soit dit sans vouloir t'offenser. Tu pourrais te faire lutteur ou boxeur, et ramasser une fortune. Je peux te présenter un manager honnête si tu veux. Relativement honnête, en tout cas. Mais ça ne te conviendrait pas longtemps. D'ailleurs, tôt ou tard un zoologue finirait par s'intéresser à ton cas, et ce serait la fin de la belle vie. Et puis la ville te rendrait malade. Tu ne supporterais pas les gaz d'échappement, le bruit, la surpopulation...

J'avais besoin de lui, et ce n'était pas très malin de le

décourager. A un être humain j'aurais menti sans hésiter. Mais il appartenait à la Tribu et, même si je n'ai aimé que deux représentants de cette espèce tandis que j'en tolérais quelques-uns et que je haïssais tous les autres, je ne me sentais pas en état de mentir à une âme si pure et si confiante. S'il était réellement aussi pur et confiant qu'il semblait l'être. Je ne devais pas oublier qu'il pouvait aussi servir les Neuf.

– A une époque, tu aurais pu vivre avec moi au Kenya. Mais j'ai perdu ma plantation et je ne pourrai jamais retourner là-bas, sauf sous un déguisement. Je trouverai autre chose. L'important, c'est de filer d'ici. Le plus tôt possible.

– Si quelqu'un était capable d'y arriver, ce serait bien toi, me dit Clara. Caliban aussi peut-être. Mais, en fait, personne n'en est capable. Il faudrait avoir des ailes pour sortir de cette fosse.

Au coucher du soleil, un nouveau repas fut descendu jusqu'à nous. Les huttes ne contenaient aucun ustensile, aucun meuble, à l'exception d'un seau où jeter nos ordures. Pour toute literie, nous avions une pile de vieilles couvertures, qui, à défaut de nous défendre du froid, nous permettait de conserver la chaleur dégagée par le corps de nos voisins. Derrière la hutte centrale, se trouvaient des latrines.

Dès la tombée de la nuit – et elle tombait tôt au fond du puits alors que le ciel, cent mètres au-dessus, restait d'un bleu profond –, j'invitai mes compagnons à une promenade dans le canyon.

L'extrémité sud était éclairée par de puissants projecteurs dont un, mobile, fouillait la fosse. Je gagnai l'autre extrémité sans me soucier du faisceau lumineux quand il lui arrivait de s'attacher à nos pas. Je plongeai dans le lac – une étendue d'eau glacée d'environ dix-huit mètres de long sur neuf de large, fermée d'un côté par la falaise. C'est ce côté-là qui m'intéressait. Je découvris plusieurs excavations, bien en dessous de la surface, mais aucune n'était assez large pour me livrer passage.

Après un examen approfondi je remontai, et je traversai le canyon au galop pour me réchauffer. Dick et Clara me suivaient au pas de charge.

Les projecteurs nous éclairaient parfaitement et, d'en haut, on ne pouvait manquer de nous voir. Ils savaient donc ce que j'étais en train de faire, et ils avaient le moyen de m'en empêcher si l'envie leur en prenait. Mais je crois que mes manigances les amusaient trop pour qu'ils interviennent.

Je plongeai à nouveau, pour me laisser couler au fond de la poche d'eau par où le ruisseau disparaissait dans la muraille. A neuf mètres de la surface il y avait une ouverture d'environ deux mètres de large où le courant s'engouffrait en bouillonnant. Mais une grille métallique solidement arrimée au roc obstruait le passage. Je m'escrimai sur la grille un bon moment, en remontant régulièrement reprendre mon souffle à la surface. Le temps que je me résigne à abandonner, j'étais frigorifié et je tremblais de tous mes membres.

Au sommet de la falaise, quelqu'un salua mes efforts d'un rire tonitruant. Je n'avais pourtant pas le sentiment d'avoir perdu mon temps. S'ils s'étaient sentis obligés de sceller cette grille, c'est qu'il devait y avoir une issue possible.

Blotti entre Clara et Dick, j'attendis de me réchauffer pour me glisser à nouveau hors des couvertures. Malgré l'éducation qu'il avait reçue chez les humains, comme tous ceux de sa race, Dick était incapable de se représenter l'avenir. Ce soir, il ne pensait qu'à dormir. Je dus lui expliquer qu'à défaut de rogner sur ses heures de repos nous n'avions aucune chance de nous en sortir, et que, en cas d'échec, il risquait de voir son temps de sommeil se prolonger bien au-delà de ses espérances.

Il finit par me suivre en grommelant. Cette fois, j'évitai les projecteurs. Dans le coin nord-est du canyon, Dick m'aida à récolter des éboulis de silex, qui avaient probablement atterri là le jour où on avait fait sauter à la dynamite une saillie à environ quinze mètres au-dessus de nos têtes.

Je guettai l'aube pour me mettre au travail, et les premiers reflets de lumière aqueuse me trouvèrent assis devant la hutte, une couverture jetée sur les épaules, en train de tailler six têtes de hache, plusieurs couteaux, des dagues et des couperets. Je tenais la technique d'un ami français anthropologue qui était venu passer quelque temps au manoir de Grandrith.

– Que comptes-tu faire de ces armes préhistoriques, gentil homme des cavernes? me demanda Clara.

– Je n'en sais rien encore.

C'était la stricte vérité. Mais, de toute façon, je ne lui aurais pas dévoilé mes plans avant de les avoir déjà mis en pratique.

– En tout cas pendant ce temps-là tu ne fais pas de bêtises.

La journée se déroula exactement comme la veille, à cela près que Dick plongea avec moi pour m'aider à essayer de déloger la grille. Chaque fois que nous remontions à la surface, les gardes du sommet nous adressaient des encouragements caustiques. Pas une seule fois ils ne firent mine de vouloir nous interrompre. Sans doute parce qu'ils savaient que nous n'arriverions à rien. Et puis, si nous voulions prendre de l'exercice et leur fournir une distraction pour rompre la monotonie de leur insupportable routine, libre à nous.

A la douzième tentative, il nous parut plus sage d'abandonner. Si nos forces conjuguées ne parvenaient pas à desceller un coin de grille, mieux valait s'abstenir. Il nous aurait fallu des outils.

Je passai le reste de l'après-midi à tourner dans la fosse pour examiner les parois. Au nord-est, les deux falaises se rejoignaient à angle droit. En calant mon dos d'un côté et mes pieds de l'autre, il n'était pas impossible que je réussisse à franchir – centimètre par centimètre, et dans une position hautement improbable – les premiers trente mètres de muraille. Passé cette limite, les parois se resserraient peu à peu jusqu'à former, près du sommet, un angle d'environ quatre-vingts degrés par rapport à l'horizontale. Le point de rencontre des deux falaises paraissait toujours à angle droit mais je devrais exercer une pression colossale pour rester accroché au-dessus du vide. Il n'était pas du tout certain que j'y arriverais.

Pour autant que je puisse en juger, à cet endroit-là personne ne gardait le sommet.

Deux heures avant le coucher du soleil, le treuil descendit deux soldats, qui braquèrent sur nous leurs fusils automatiques pendant que leur supérieur, un certain Lal Singh, effectuait le voyage en nacelle. Deux autres hommes armés vinrent les rejoindre. Puis ce fut le tour d'un plongeur en scaphandre.

On nous interdit de nous approcher à plus de dix mètres de la poche d'eau. Les investigations du scaphandrier se soldèrent par un rapport satisfaisant. Ils fouillèrent nos huttes, sans résultat. J'avais caché mes armes préhistoriques sous la surface du lac, dans une cavité creusée dans le roc. Le scaphandrier n'avait pas jeté un seul regard de ce côté, sûr et certain qu'on ne pouvait rien tenter.

Ils fouinèrent encore un peu, avant de remonter. Lal Singh s'installait dans la nacelle quand je demandai où était passé Murtagh. Pas de réponse. Murtagh devait être en Allemagne, et on attendrait probablement la mort ou la capture de Caliban pour me régler mon sort. Mais je ne pouvais pas parier là-dessus. S'ils s'emparaient de Clio, les Neuf pouvaient estimer avoir suffisamment de victimes pour s'offrir une fête romaine.

Dès la tombée de la nuit, je me faufilai dehors pour dépouiller quelques buissons de leurs branches. Je les écorçai et j'en affûtai soigneusement les pointes. Je ne savais toujours pas si cela pourrait m'être utile mais, en cas de besoin, j'aurais des dagues à portée de main.

Je décidai de ne rien dire de mes projets à Dick et à Clara. Certes, si leurs histoires étaient vraies, ils ne refuseraient pas de m'aider, mais malgré sa forme olympique Clara ne pouvait pas effectuer une ascension pareille et Dick, qui était plus lourd que moi, serait ralenti par son poids. Et puis il y avait toujours le risque qu'ils soient des espions.

Une heure après la tombée de la nuit, je me glissai dehors. Clara et Dick remuèrent dans leur sommeil. Posté derrière un buisson, je guettai leur apparition. Ils ne se montrèrent pas. Évitant la ronde aveugle des projecteurs, je gagnai le ruisseau et récupérai mes silex.

Avant de commencer l'ascension, il fallait déjà que je

me débarrasse des explosifs collés à la peau de mon ventre. Je m'attaquai au disque de plastique à coups de dague. Il était extrêmement résistant et plutôt difficile à atteindre, coincé entre mon abdomen et le ceinturon de duralumin. Je devais peser de toutes mes forces sur la pointe du silex pour entailler la coquille protectrice. Restait à espérer que ça n'allait pas me sauter au nez. Je ne m'inquiétais pas trop. Les Neuf tenaient trop à leur vengeance pour m'exposer à une mort accidentelle, et l'artificier chargé de mettre au point cette petite bombe avait dû choisir ses explosifs en conséquence.

Sous la coquille protectrice, un film plastique enrobait le dispositif de mise à feu, composé d'un récepteur miniaturisé et du minuscule cylindre du détonateur. Le problème devenait brûlant – façon de parler, naturellement. Il était plus que probable qu'un coup malheureux me réduirait en charpie. Le menton rentré dans la gorge, je travaillais lentement. Je finis par venir à bout du détonateur, et la partie vitale de la charge coula au fond du lac.

L'enveloppe protectrice et les explosifs adhéraient encore à ma peau, mais seul un solvant puissant pouvait attaquer la colle époxy. Tant pis pour le ceinturon, qui m'encerclait la taille comme un étau. Je ne pouvais pas espérer m'en dépêtrer, même en me tortillant comme un asticot. Je décidai de le garder.

Je me ceignis les reins d'une bande de tissu prélevée sur une couverture, et j'y glissai deux pointes de silex, plus les six dagues de bois. Tant que je resterais à l'équerre, le dos contre une paroi, les pieds sur l'autre, je ne risquais pas de les perdre.

Au contact de la muraille, mon dos se glaça. Ce désagrément fut de courte durée. Grâce à la friction de mon épiderme contre la roche, mon dos couvert d'écorchures ne tarda pas à me cuire et à saigner. Je laissais derrière moi une trace écarlate, comme une limace blessée en train de se vider.

Pour limiter les dégâts, je dus ralentir ma progression. Je n'en franchis pas moins les trente premiers mètres en vingt minutes environ. Je commençais à me ressentir de mes efforts. La pression que j'exerçais sur mes pieds et le sang que je perdais sapaient mes forces. Loin d'être régulier, l'angle formé par les deux parois variait jusqu'à devenir obtus, ce qui me contraignait à tendre une jambe considérablement plus que l'autre. A force, c'est à peine si j'arrivais à maîtriser le tremblement de mes cuisses.

Le projecteur mobile continuait inlassablement sa ronde, trouant l'ombre du canyon de travées aveuglantes qui passèrent plusieurs fois juste au-dessus de ma tête. A l'approche du cône lumineux, je me figeai. Affaiblie par la distance, la clarté ne révéla pas ma présence aux gardes du sommet. Mais peut-être qu'ils ne regardaient pas de ce côté. Ils devaient croire dur comme fer qu'il était impossible de s'évader. Il se pouvait même que le projecteur soit entièrement automatique et que les sentinelles se contentent de lever les yeux de temps en temps de leur partie de cartes, pour jeter un bref regard vers les profondeurs.

J'entamai l'ascension de la seconde moitié. A partir de là, je me fis l'impression d'une mouche collée au plafond. Ou, plus juste encore, d'un coin, qui se serait enfoncé plus profondément dans la roche de seconde en seconde.

Inlassablement, je hissais un pied puis l'autre, je décollais mon dos pour le caler un centimètre plus haut, et je recommençais toute la manœuvre, de plus en plus laborieuse. Je saignais abondamment maintenant, et ma peau devenait glissante. Plus j'approchais du but, plus les parois s'incurvaient. Le seul avantage, c'est qu'au fur et à mesure elles se rejoignaient selon un angle plus aigu qui m'offrait une meilleure prise. J'avais prévu ce phénomène. C'est d'ailleurs lui qui m'avait décidé à tenter l'aventure, mais plus je grimpais, plus le goulet m'écrasait. Je me sentis bientôt dans la situation d'un embryon qui aurait dû compter sur sa seule volonté pour émerger à la lumière.

Je rencontrai plusieurs fissures qui craquelaient la roche, mais je me gardai d'y planter mes pitons de fortune. Je préférais les réserver à la partie finale, pour le cas où ils me seraient indispensables pour franchir le rebord de la falaise.

Ma torture me parut durer des heures. En fait, il ne me fallut pas plus d'un quart d'heure pour escalader les derniers trente mètres. Après quoi je me retrouvai pendu dans le vide, coincé dans l'encoignure, avec la saillie du sommet juste au-dessus de la tête.

C'est là, au moment où j'étais sur le point de me tirer d'affaire que me guettait le plus grand danger. Pour contourner la saillie, il n'y avait qu'une solution : abandonner ma prise, tendre le bras pour me cramponner à l'aveuglette sur le rebord, lâcher l'autre main et rester suspendu au-dessus du gouffre du bout de mes cinq doigts, le temps de ramener mon deuxième bras vers le haut, pour me hisser et basculer à la limite du précipice.

Pour commencer, il s'agissait, si possible, de balancer mes armes sur le sommet. Il fallait déjà les extraire de ma ceinture et les propulser de l'autre côté de la saillie, ce qui m'obligea à me décoller de la paroi à un angle vertigineux. Mes deux silex atterrirent à bon port dans un cliquetis retentissant. Deux des dagues de bois les rejoignirent, mais les quatre autres rebondirent contre un obstacle invisible et dégringolèrent dans le vide.

Sans hésiter une seconde, je tendis le bras et, la main à angle droit, je refermai mes doigts sur une dalle de granite qui n'offrait pas d'autre prise que ses aspérités granuleuses. Maintenant, je me balançais au-dessus de l'abîme. Pas question de prendre de l'élan d'un coup de pied. Tout mouvement brusque était à éviter. Insensiblement, j'accentuai l'oscillation de mon corps, et mon poids commença à tirer en arrière la main que je maintenais à la surface à la seule force du poignet.

Malgré mes efforts désespérés, ma main continuait à glisser et ma peau se râpait contre la pierre. Je propulsai mon autre bras et posai ma paume à plat sur le sol. Je restai accroché là un bon moment, avant de tenter un lent rétablissement, qui fit craquer mes muscles comme du bois mort. Quand mon menton se trouva à la hauteur du rebord, je pris appui dessus, le cou arqué en avant. Pendant environ vingt secondes, tout le poids de mon corps fut soutenu par mes maxillaires. Puis j'étendis les bras le plus loin possible, et je les collai à la surface.

Le torse zébré d'écorchures ensanglantées, je me hissai millimètre par millimètre, tirant sur mes doigts plantés dans le roc comme sur un attelage de chevaux lilliputiens. Ma taille finit par émerger du gouffre. Je donnai quelques ruades dans le vide puis, dans une dernière contorsion, je m'affalai de tout mon long, les pieds et les trois quarts des jambes tendus au-dessus de l'abîme. Il me restait un mètre à franchir en rampant sur le ventre. Ce dernier mètre, qui ne présentait aucune difficulté particulière, me coûta plus d'efforts que toute l'ascension.

Je restai un long moment immobile à chercher ma respiration. L'air de la nuit me glaçait. Sur mon dos, mes mains, mon menton et ma poitrine, ma sueur se mêlait au sang de mes blessures à vif.

Quand j'eus retrouvé mon souffle, je m'assis péniblement. Devant moi se dressait le bloc de granite de deux mètres de haut contre lequel mes dagues avaient rebondi avant de dégringoler dans le vide. Les deux silex étaient tombés près du bord et j'avais été obligé de passer dessus à la sortie du gouffre, en me cisaillant la peau de coupures heureusement peu profondes.

Je me relevai, glissai mes armes dans ma ceinture et, un couteau de silex au poing, j'entrepris de me frayer un chemin sur l'étroite corniche en surplomb du canyon.

A une très courte distance, je voyais se profiler les contreforts des hautes montagnes. J'aurais pu tenter de les franchir, et m'évader. J'aurais pu aussi les traverser, et rejoindre l'entrée principale des cavernes. Rien ne m'aurait empêché non plus de partir dans la direction opposée et de me fondre dans la forêt vierge où personne, même pas les Neuf, ne pouvait me retrouver.

Je préférai rester fidèle à mon plan initial : localiser l'entrée secrète des cavernes, rejoindre Caliban en Europe, ou à l'endroit, quel qu'il fût, où il se trouverait, et mettre au point avec lui tous les détails de notre future campagne. Il était convenu que l'attaque aurait lieu pendant les cérémonies rituelles – seule période de l'année où nous étions assurés de trouver les Neuf au complet. Pour le reste, nous n'avions aucun projet précis et tout restait à concocter!

Je m'étais donné quarante jours pour traverser l'Afrique centrale à pied, depuis le Gabon jusqu'à ces montagnes. Grâce à mes ennemis, j'avais maintenant six semaines d'avance sur mon planning.

Le clair de lune tombait droit sur le canyon. Je me glissai de pan d'ombre en pan d'ombre, en équilibre sur la corniche qui serpentait entre la paroi rocheuse et le vide. J'avançai lentement, pour éviter les mines. S'il y en avait, j'eus suffisamment de chance pour ne pas marcher dessus.

Il me fallut près d'une heure pour atteindre l'extrémité sud. A certains endroits, la sente se rétrécissait jusqu'à devenir pratiquement inexistante et, le visage pressé contre la roche, je tâtonnai dans le noir à la recherche d'une fissure ou d'une saillie où accrocher mes doigts. Chaque fois que le terrain le permettait, j'accélérais l'allure.

La batterie de projecteurs était dirigée vers le gouffre, mais les falaises réfléchissaient suffisamment la lumière pour qu'on m'aperçoive. Je pressai le pas, impatient de toucher au but, en espérant qu'aucun des gardes n'aurait la mauvaise idée de regarder dans ma direction avant la fin de mon périple.

Ils étaient quatre. Le premier, emmitouflé dans des couvertures, était assis près de l'énorme projecteur mobile dont le réglage, comme je l'avais deviné, était entièrement automatique. Une Thermos posée près de lui, il buvait du café. Deux autres occupaient la cabine du camion. Le moteur ronflait, pour qu'ils puissent brancher le chauffage, j'imagine. Le quatrième se trouvait à l'intérieur d'une tente hermétiquement close. Sa tête et ses épaules se découpaient derrière une petite fenêtre de plastique. Il semblait assis, en train de lire quelque chose.

Je m'occupai en premier de celui posté près des projecteurs. Le nez du camion était tourné dans la direction opposée. Évidemment, un des occupants de la cabine pouvait toujours m'apercevoir dans le rétroviseur, mais je n'avais pas le choix. Je pris le risque.

Je ne me servis pas de mes silex taillés. Je m'approchai par-derrière et, agrippant la tête du garde, je tirai d'un coup sec. Sa colonne vertébrale émit un claquement aigu que personne ne parut entendre. Je soulageai le mort de son coutelas et de son ceinturon qui, en plus des munitions, me procura un .38 automatique. Je ramassai aussi une mitrailleuse Bren près de sa chaise.

Le coutelas était bien équilibré. Je relevai le pan de toile qui masquait l'entrée de la tente. Le soldat jeta un coup d'œil pour voir qui entrait. Puis il bondit, et le coutelas se ficha dans sa gorge, étouffant son cri d'alarme.

Le mobilier se composait d'un bureau, d'une étagère bourrée de livres de poche, d'une cafetière électrique et d'un émetteur. Je dénichai aussi des fusils, des boîtes de cartouches, des chargeurs, une pharmacie, une réserve de conserves et un petit réchaud Caliban.

Je dévorai une poignée de biscuits arrosés d'une tasse de café, que j'adore. Puis je me dirigeai vers le camion.

S'il y avait une visite que les deux gardes n'attendaient pas, c'était bien la mienne. Les Neuf recrutaient leurs soldats parmi de solides gaillards, mais dans son ahurissement le premier se mit à bégayer, et le cri du second s'étrangla. Ils se ressaisirent assez rapidement. Le temps de descendre les mains derrière la nuque pour se ranger sur le flanc du camion, ils étaient sur le qui-vive, tous leurs sens en alerte.

Je les fis pencher en avant, les mains à plat sur la carrosserie, bras et jambes écartés. Cette fois, je mis le coutelas à contribution, mais j'épargnai celui qui avait bégayé.

Sur mon ordre, il fit reculer le camion jusqu'au bord du précipice et me montra comment actionner le treuil. Les mains ligotées sur le ventre, je le fis asseoir dans la nacelle et je lui dis quoi faire pour avoir la vie sauve. Il aurait pu profiter du moment où je grimpais dans la cabine pour rouler à terre et courir donner l'alerte, mais cette mort héroïque ne devait pas le tenter. Il se laissa gentiment descendre dans la fosse et trotta vers les huttes.

La silhouette gigantesque de Dick et celle de Clara, engoncée dans des couvertures, ne tardèrent pas à apparaître. Les haler à la surface prit un certain temps, mais je finis par y arriver. Le garde était resté dans la hutte; pour m'éviter la tentation de l'éliminer, je présume.

Clara habilla sa nudité en prélevant ce dont elle avait besoin sur une de mes victimes. Ses vêtements lui allaient plutôt bien, sauf les bottes, beaucoup trop grandes. Dick se contenta d'enfiler une capote, qui paralysait ses mouvements mais paraissait suffisamment épaisse pour le protéger du froid. Ils burent du café et deux bols de soupe pendant que nous tenions conseil. Je restais sur mes gardes et je leur faisais moins que jamais confiance.

Vu la menace qu'ils risquaient de représenter, à mon avis il aurait été plus réaliste de les abandonner. Mais, comme la plupart des hommes, je ne suis pas toujours réaliste. J'attache de l'importance à l'amour et à l'amitié, et je me soucie beaucoup plus des humains en tant qu'individus que n'a voulu le faire croire mon biographe. Il est vrai qu'il fondait son analyse sur mon comportement des débuts, quand je n'étais pas encore adapté à la société des hommes et que je me considérais encore comme un membre de la Tribu. Du point de vue d'un civilisé je peux certainement avoir des airs de monstre, mais c'est vrai uniquement dans mes rapports avec l'ennemi.

Clara appliqua sur mes blessures un des calmants-cicatrisants accélérés de Caliban, et je me confectionnai un costume approximatif. Elle trouvait mon évasion difficile à croire, mais il y avait une chose qu'elle et Dick ne pouvaient pas nier : je ne les avais peut-être pas encore tout à fait sauvés, mais je les avais bel et bien tirés de leur geôle.

Réserves et munitions furent chargées dans une jeep. Nous n'avions pas de plans précis. Nous commencerions par gagner le camp. Ensuite, il serait toujours temps d'aviser. Seul, j'aurais essayé de trouver une voie d'accès aux cavernes. Vu la situation, je devais d'abord conduire Dick et Clara à l'abri de la forêt. A partir de là, leur sort ne me concernait plus. Je les laisserais se débrouiller, pour revenir rôder dans les parages.

Je gardai le pistolet et la mitrailleuse à portée de main et m'arrangeai pour pouvoir dégainer mon poignard à la moindre alerte. C'est de Dick que je me méfiais le plus. Clara aussi était dangereuse, mais Dick, qui alliait la puissance et la rapidité d'un gorille aux connaissances des armes à feu, de la boxe et du karaté, était autrement redoutable. Jamais encore je n'avais eu affaire à un adversaire de son envergure. Jusqu'à présent, il se comportait comme s'il était réellement celui qu'il prétendait être. Mais je préférais éviter de lui tourner le dos.

Dick se débrouillait plutôt bien avec la jeep. Je n'aurais d'ailleurs pas été étonné s'il en avait été de même avec toutes les mécaniques inventées par l'homme. Nos conversations s'étaient limitées aux strictes nécessités matérielles et j'ignorais ses capacités dans le monde de l'abstraction. Mais quelle importance s'il n'était pas apte à apprécier les subtilités d'un Platon, d'un Spinoza, d'un Shakespeare ou d'un Joyce! Combien d'humains en sont capables?

Je choisis de confier le volant à Clara. Dick s'assit à côté d'elle, moi à l'arrière. La jeep se traînait à trente kilomètres à l'heure, tous phares allumés, quand elle passa au pied de la grotte creusée à flanc de montagne. Les hommes postés dans la paroi rocheuse ne bronchèrent pas. Mais rien, sinon une prudence excessive, n'aurait pu leur donner de l'inquiétude.

Au bout d'un quart de mile entre des falaises à pic qu'on aurait pu toucher du doigt, le camp apparut droit devant. Des lampes en marquaient le périmètre. Toutes les tentes étaient fermées, sauf la dernière : le poste de garde, avec quatre sentinelles réparties de chaque côté de la piste, et un officier assis à une table dans la tente.

Clara ralentit. Nous étions convenus qu'elle s'arrêterait si on vérifiait nos identités. Sinon, elle devait continuer à la même allure aussi longtemps que personne ne s'y opposerait. Deux ou trois lampes seulement se balançaient sur un fil au-dessus de la route. Mais leur lumière était suffisante pour que les soldats s'aperçoivent d'un seul coup d'œil que Clara était une femme et Dick l'homme-singe du canyon.

J'escomptais que la surprise les paralyserait au moins trois secondes. Je ne me trompais pas. Ni Clara ni Dick ne firent mine de les avertir. Peut-être parce qu'ils ne voulaient pas me fournir l'occasion de leur brûler la cervelle.

Une sentinelle s'avança face à la jeep, nous ordonna de nous arrêter, et ses yeux s'écarquillèrent. Suivant mes instructions, Clara ouvrit le feu sur la droite. Ma Bren expédia une rafale sur la gauche. Clara abattit deux hommes, moi les deux autres. Puis j'arrosai le terrain sur quelques mètres et je relevai le canon de mon arme. Juste à temps. L'officier avait bondi pour se précipiter dehors. Mes balles lui trouèrent le ventre avant de lui tracer un pointillé sanglant sur la poitrine.

Pour l'instant, plus rien ne se dressait en travers de notre route, mais je regrettais que ça ne se soit pas passé autrement. Les gardes du rempart seraient sur le qui-vive. En ce moment même, ils étaient sûrement en train de pointer leurs mitrailleuses et leur Bofors dans notre direction.

La fusillade avait aussi réveillé le camp derrière nous.

J'aurais dû m'approcher à pied et mettre les sentinelles hors de combat pendant que la jeep franchissait le poste de garde. Mais ç'aurait été m'offrir aux balles de Clara et de Dick qui, s'ils étaient au service des Neuf, n'hésiteraient pas à tuer leurs propres hommes pour me régler mon compte.

Je les fis descendre et pénétrer les premiers dans la tente de l'officier. Elle contenait un véritable arsenal. Fusils automatiques, bazookas et roquettes, mitrailleuses et grenades. J'ordonnai à Clara et à Dick de mettre leurs fusils en bandoulière pour charger des armes sur la jeep. Ramassant un bazooka, Dick déclara qu'il ne savait pas comment ça fonctionnait. Clara le rassura en lui disant qu'aucune arme à feu n'avait de secret pour elle. C'était vrai.

J'attachai une poignée de grenades à mon ceinturon, et j'arrachai les fils du téléphone branchés à un petit poteau derrière la tente. Puis, à nouveau, je m'installai sur le siège arrière, et la jeep reprit son petit bonhomme de chemin jusqu'à environ deux mètres du rempart.

Les projecteurs au sommet de la muraille décrivaient un va-et-vient incessant. L'officier responsable avait dû contacter le camp, sans obtenir de rapport circonstancié. C'est seulement en inspectant le poste de garde qu'ils comprendraient ce qui se passait. Et après, les radios grésilleraient.

Clara arrêta la voiture à l'abri d'une ravine, et, à nouveau, je fis descendre mes compagnons en leur ordonnant de me précéder. La tension les faisait transpirer. Je perçus aussi, mêlé aux effluves corporels de Dick, un élément inidentifiable.

Aujourd'hui, je sais à quoi m'en tenir. S'il m'arrive encore de sentir cette odeur en présence d'un de sa race, je reconnaîtrai immédiatement le parfum de la trahison.

***

Dick s'était laissé tomber à genoux, la poitrine à la hauteur de la piste. A ses côtés, Clara chargeait le bazooka. Debout au sommet de la ravine, j'arrosai les projecteurs du rempart d'une ou deux rafales, et l'obscurité de la nuit se referma sur nous.

A mon signal, Clara procéda à la mise à feu. Sa queue rougeoyante largement déployée, la première roquette fusa comme une comète, pour s'abattre au beau milieu de la vallée, au pied des lourdes portes d'acier. Sous la danse macabre des obus, la terre éclatait en gerbes noirâtres qui retombaient en poussière autour de nous. Clara rechargeait déjà. Cette fois, elle visa la gueule zébrée d'éclairs du Bofors. Son projectile percuta le mur, en contrebas du canon, mais il dut faire une brèche importante parmi les hommes.

Le Bofors se remit pourtant à rugir environ trente secondes plus tard. Agenouillés dans l'ombre, Clara et Dick chargèrent le lance-roquettes pour la troisième fois. De mon côté, j'arrosai les ténèbres tonitruantes. Les mortiers, qui venaient labourer la vallée à cinquante mètres de moi, m'obligèrent à battre en retraite.

Les servants du Bofors ajustaient leur tir, mais la chance était avec nous. Un premier obus, qui explosa au sommet de la ravine, nous brisa les tympans et nous engloutit sous une pluie de pierrailles. Un second siffla au-dessus de nos têtes à travers l'écran de fumée, et emporta la paroi de la ravine, juste derrière. Cette fois, ils nous avaient manqués de peu. Étourdis et plus qu'à moitié sourds, nous ne savions plus très bien où nous en étions. Je me ressaisis le premier, pour me redresser à quatre pattes, ma Bren pointée sur Dick et Clara.

Dans l'obscurité, de rares projecteurs étaient revenus à la vie ici et là. Leur clarté permit à mes compagnons de deviner mes intentions. Ils se relevèrent, rechargèrent, et la roquette s'éleva. Au moment même où elle atteignait son objectif, le grondement du Bofors se tut. Malgré les efforts de Clara, qui n'avait pas son pareil pour manier le bazooka, trois mitrailleuses et six fusils automatiques aboyaient encore.

Ils tiraient au petit bonheur, heureusement, et notre quatrième et dernière roquette les paralysa momentanément. Cette fois le Bofors, frappé de plein fouet, disparut dans un panache de flammes. Déjà nous grimpions dans la jeep pour nous arracher de la ravine et foncer droit devant, sur les portes déchiquetées. Clara s'occupa de la mitrailleuse de gauche; je vidai mon chargeur sur celle de droite, puis je lançai coup sur coup une grenade à main de chaque côté.

Des balles tracèrent une diagonale sur le toit de la jeep, trouant le capot pour pulvériser le pare-brise dans le coin supérieur gauche, à un cheveu de la tête de Clara. Il semblait impossible d'échapper à cette pluie d'abeilles de feu. Mais mes grenades et le tir régulier de la jolie comtesse éliminèrent certains de nos adversaires, et déconcertèrent les autres. Dick fonçait déjà à travers la brèche. Heurtant au passage un lambeau de métal tordu, la jeep dérapa et nous envoya valser contre le talus.

La situation devenait délicate. Obligée de se retourner pour mitrailler le rempart par-dessus ma tête, Clara n'avait qu'à baisser sa mire d'un demi-centimètre pour me couper en deux. Je m'aplatis sur le siège arrière et lorgnai le canon de son arme.

Ç'aurait pu être pire. Le temps que les servants fassent pivoter leurs mitrailleuses, nous étions à deux cents mètres des miradors. Un flot de balles traçantes ne tarda pas à virevolter dans notre sillage. Notre riposte les tint à distance, suffisamment longtemps pour nous permettre de franchir le premier lacet au pied de la montagne.

Je laissai Dick entamer la côte avant de lui ordonner de s'arrêter. D'en bas, montait la rumeur d'au moins une dizaine de jeeps lancées à l'assaut du premier virage. Clara se pencha pour sonder l'obscurité.

– Je les vois, annonça-t-elle. Dix véhicules. Deux camions et des jeeps.

– Vous deux, partez devant.

Ils commencèrent par protester mais finirent par s'incliner quand je leur rappelai que c'était moi le chef de l'expédition. D'un bond, je gagnai l'abri d'un bloc de granite à gauche de la piste. Qu'ils ne comptent pas sur moi pour me trouver dans leur ligne de tir s'ils se préparaient à me trahir. Mais Dick enclencha la première, emportant dans le virage suivant une Clara visiblement inquiète, qui s'était retournée pour regarder en arrière.

Je traversai la piste au pas de course et dévalai la pente, dérapant et glissant jusqu'à un buisson en surplomb du lacet précédent. Là, j'attendis. Dès que le premier véhicule pointa son nez, j'arrachai une grenade de ma ceinture. Je réussis à en placer encore deux avant la première explosion.

Le résultat fut assez satisfaisant. Je ne m'attardai pas pour évaluer les dégâts mais le temps que je regagne mon point de départ, un lacet plus haut, l'incendie faisait rage et illuminait la montagne. Je m'arrêtai pour jeter un coup d'œil : la route resterait bloquée un certain temps. Le véhicule de tête avait versé, le second, éventré, gisait au beau milieu de la piste, et le troisième lui était rentré dedans bille en tête. Que le camion qui venait tout de suite derrière essaie de pousser les décombres pour déblayer le passage, et ses occupants seraient rôtis à point. Franchement, je regrettais qu'ils n'essaient pas.

La nuit retentissait d'ordres beuglés par les officiers. Je leur expédiai quatre de mes cinq dernières grenades. Elles durent faire leur petit effet car le tir se fit tout d'un coup moins virulent. Il n'en aurait pourtant pas fallu davantage pour me tuer. Je battis en retraite avec prudence vers le lacet supérieur. D'en bas, la lueur de l'incendie devait permettre de repérer le moindre mouvement.

Il me restait une grenade, un .38 chargé à bloc, un couteau et la Bren, bien qu'elle dût être à peu près vide. Je venais de me faufiler entre deux rocs quand un bruit étouffé résonna quelques mètres au-dessus. Clara? Immobile, j'entendis un grognement de rage déchirer la nuit. Suivit le fracas d'un objet métallique qui dégringolait la pente en rebondissant de pierre en pierre. Ça m'avait tout l'air d'un fusil jeté dans le vide, au grand mécontentement de Dick, apparemment.

Plusieurs interprétations étaient possibles. En tout cas, celui qui se trouvait en difficulté pouvait avoir besoin de mon aide. Je repris mon escalade en m'arrangeant malgré tout pour ne pas m'exposer inutilement.

Des pas lourds ébranlaient la nuit, un souffle rauque et haletant se rapprochait. Clara marmonna quelque chose. Puis j'entendis un sifflement imperceptible que je devinai être, avec raison, le bruit d'un poignard fendant l'air.

Je risquai ma tête au niveau de la piste. Dans les reflets mouvants du brasier, je vis la masse gigantesque de Dick fondre sur la comtesse. Les mains tendues, il s'apprêtait à la saisir, mais elle recula et l'éclat de son poignard dans la pénombre traça des paraboles étincelantes. La jeep, tous feux éteints, était garée quelques mètres plus loin.

Je sautai devant eux.

– Qu'est-ce que ça veut dire?

Ils s'immobilisèrent, et Dick battit en retraite.

Puis ils se mirent à jacasser tous les deux en même temps.

– Honneur aux dames, dis-je. Je parle de toi, Clara.

Mon humour ne les fit pas rire. J'ai l'habitude. Mes plaisanteries sont toujours mal interprétées, ou alors elles tombent à plat. Je ferais peut-être mieux de les réserver à des circonstances moins dramatiques, mais j'ai toujours pensé que ce sont les circonstances les plus dramatiques qui ont le plus besoin d'être dédramatisées.

– Cette espèce de traître, cette chose répugnante s'apprêtait à te tirer dessus! cria Clara en français. Je l'ai frappé sur la tête et je lui ai arraché son fusil. Il n'avait pas d'autre arme, et moi je n'avais que mon couteau à portée de main. Mon fusil est vide, de toute façon. J'essayais de le tenir à distance quand tu es arrivé.

– C'est pas vrai! glapit Dick en anglais. C'est elle qui s'apprêtait à te descendre quand j'ai balancé le fusil.

– Depuis quand as-tu appris le français, Dick?

Comme il bégayait, j'ajoutai :

– Pourquoi as-tu jugé bon de me mentir quand je t'ai posé la question?

– J'ai pas menti, répondit-il dans un grognement. Je comprends le français, même si je peux pas en prononcer un seul mot! Je t'ai jamais dit que je le comprenais pas!

S'il était innocent, son omission restait sans gravité, mais s'il était le loyal agent des Neuf, elle prenait place dans une succession de faits d'une importance capitale.

En tout cas, je n'avais pas eu tort de me méfier. L'un des deux était un espion. Pas question de continuer mon petit bonhomme de chemin tout seul maintenant que j'avais une dette envers eux. S'il y en avait un qui avait droit à ma gratitude, l'autre pouvait espérer une prompte vengeance. Je n'ai pas pour habitude d'oublier ceux qui cherchent à me supprimer.

Clara maugréa, et me reprocha de ne pas lui accorder ma confiance. Sa mauvaise humeur lui permettait seulement de trouver un exutoire à un trop-plein d'émotions. A ma place, elle n'aurait pas agi autrement, et elle le savait. Elle jeta son couteau et s'écarta pour me laisser le ramasser. Je l'obligeai à fouiller Dick, qui la fouilla à son tour pendant que je les tenais à l'œil. Ils n'avaient pas d'armes, ni l'un ni l'autre. Je balançai le fusil de Clara à l'arrière, et ils reprirent place à l'avant, Dick au volant. La jeep repartit vers le col à environ vingt kilomètres à l'heure, vitesse maximum pour la piste sinueuse où nous nous risquions sans phares.

Soudain j'aperçus des points lumineux qui avançaient en sens inverse, disparaissant et réapparaissant au gré des virages de l'autre versant. Ces deux véhicules ne pouvaient venir que du terrain d'atterrissage. J'ordonnai à Dick de s'arrêter, et je descendis pour observer la progression des nouveaux venus. Tout à coup, le faisceau de leurs phares s'évanouit.

Je revins à la jeep, toujours sur le qui-vive.

– Ou bien ils vont nous tendre une embuscade, ou bien ils s'imaginent si près du but qu'ils préfèrent approcher en douce. On continue. D'ici un mile, on avisera.

Nous approchions du col. Tous les cent mètres, Dick faisait halte. Les sons portaient loin entre les parois rocheuses. Nous entendions distinctement les cris qui s'élevaient derrière et, devant, le grondement des deux véhicules qui grimpaient la pente.

Mais à la troisième halte les mécaniques s'étaient tues. La déduction s'imposait d'elle-même. Les soldats d'en face nous avaient entendus, et maintenant ils guettaient notre apparition. J'ordonnai à Dick de couper le contact. Nous venions de franchir le col et la dénivellation était assez forte pour nous emporter en roue libre. De fait, il dut bientôt donner des coups de freins de plus en plus fréquents, pour éviter d'être entraîné par la pente. Au bout d'un demi-mile, je fis stopper la jeep. Le grincement des freins s'entendait de trop loin.

– Je vais passer par la montagne et les prendre à revers. Clara je te laisse ton couteau, pour le cas où tu dirais la vérité. Mais j'emporte ton fusil. Ne bougez pas jusqu'à mon retour. C'est un ordre.

– Il va me tuer! s'écria la comtesse.

– Elle va m'égorger! grogna Dick.

– Vous êtes bien assez grands pour vous défendre. Gardez vos distances et tout ira bien.

Le fusil de Clara contenait encore quatre cartouches. Je le cachai derrière un rocher en surplomb, avant de m'élancer à l'assaut de la pente. Il me fallut un bon quart d'heure pour escalader les éboulis, redescendre et traverser la piste hors du champ de vision de mes compagnons, puis dégringoler en contrebas et longer la route sur près d'un mile. Après quoi je remontai, et j'émergeai de l'ombre deux mètres derrière les jeeps, arrêtées entre deux épingles à cheveux.

Huit soldats s'embusquaient à l'abri des roues. Ce qui en laissait quatre pour garder le terrain d'atterrissage, s'ils n'avaient pas reçu de renforts depuis mon arrivée.

– Ils ont dû nous repérer, murmura un officier. Il faut monter voir ce qui se passe.

Il désigna trois hommes. Ils devaient tirer à la moindre alerte et prendre par la montagne s'ils tombaient dans une embuscade.

Les trois éclaireurs se mirent en route, et je me faufilai entre les rochers pour remonter la piste sur quelques mètres. L'officier et ses quatre soldats s'étaient regroupés près du capot de la jeep de tête. Voilà qui me facilitait la tâche. Mon seul regret fut de ne pas pouvoir les éliminer tous les huit en même temps.

Ma grenade éclata avec un rugissement féroce deux secondes après avoir atterri juste au milieu du groupe. Ils se figèrent. Sans doute n'eurent-ils pas même le temps de se rendre compte de ce qui arrivait. Un soldat pourtant en eut l'intuition. Il se mit à hurler « Grenade! » et bondit sur le côté, mais la déflagration le souleva de terre et l'envoya bouler en contrebas, à quelques mètres de moi. Son corps pirouetta longtemps sur la pente, rebondissant mollement de roc en roc avant d'être absorbé par les ténèbres.

Les autres étaient morts aussi et, avachie sur le flanc, la jeep gisait le nez en l'air. Elle ne prit pas feu, mais ses deux roues droites et une bonne partie de la carrosserie, en miettes, la rendaient inutilisable.

Alertés par l'explosion, les trois éclaireurs avaient rebroussé chemin au pas de course. Ils déboulèrent, et une rafale de mitrailleuse les faucha net dans leur élan.

Je sautai sur la piste, rassemblai fusils, mitrailleuses et couteaux, et je jetai le tout pêle-mêle sur le siège arrière du véhicule intact. A ce moment-là, je me baissai. Heureusement pour moi. Il y avait une caisse métallique à l'arrière où j'espérais trouver des grenades à main. Je me penchai dessus, quand quatre coups de feu tirés à la file éveillèrent l'écho de la paroi d'en face. Deux balles, perforant la tôle, passèrent au ras de mon crâne. Je me jetai à terre. Les deux dernières balles, qui m'auraient transpercé si j'étais resté accroupi, allèrent se perdre par la portière ouverte.

Je perçus alors un sifflement, puis un choc sourd, et le fusil vide atterrit derrière moi.

Jamais Clara n'aurait eu la force de le lancer si loin. Personne, excepté Caliban et moi, ne pouvait réussir une telle performance.

Une chape glaciale tomba sur mes épaules. Où était Clara?

– Descends donc, espèce de caricature bancale! Descends de là, singe puant! (Maintenant je hurlais.) Approche, misérable demi-portion d'homme! Je ne te tirerai pas dessus. Dégaine le couteau que tu as pris à Clara, qu'on règle ça à l'arme blanche! J'ai trop envie de te crever la panse! Hé! Tu m'entends, le chaînon manquant? Faux-jeton! Lèche-cul des Neuf!

Pas de réponse. Évidemment, il n'avait pas l'intention de trahir sa position. D'ailleurs il fit aussi bien parce que, me saisissant d'un fusil automatique, je vidai le chargeur sur le versant. Puis j'en vidai un autre, et encore un autre. En tout, soixante cartouches.

Les échos de la fusillade moururent, et les balles cessèrent leur ballet de ricochets entre les rochers. Le silence se referma, traversé au loin par le cri strident d'un oiseau que cette activité nocturne avait tiré de son sommeil.

C'est alors que j'entendis le jet. Il volait à une altitude respectable, tous feux éteints. Soudain, le bout de ses ailes s'éclaira et un clignotant s'alluma sous son ventre. Un flot de lumière jaillit au-delà des pics déchiquetés : les balises du terrain d'atterrissage, qui allaient guider le biréacteur vers le défilé ouvert sur la vallée.

Je sautai au volant, lançai le moteur, et je démarrai en trombe pour contourner la jeep hors de service et foncer à la recherche de Clara. J'aurais été très étonné que ma fusillade ait touché Dick. Il avait dû se terrer à l'abri des blocs de granite qui tapissaient la pente. A ma connaissance, maintenant il n'avait plus qu'un couteau pour se défendre.

Je n'hésitai pas à allumer les phares pour forcer l'allure. Je n'avais pas franchi cinquante mètres qu'un pan d'ombre se détacha de la nuit et, s'élevant d'un rocher dans un bond prodigieux, atterrit sur le siège arrière.

S'il ne s'abattit pas sur moi c'est qu'à la seconde même j'écrasai l'accélérateur. J'avais prévu que l'accélération le ferait choir à l'arrière, et que je pourrais en profiter pour me glisser sous le volant et sauter en marche tandis que la jeep, livrée à elle-même, continuerait sur sa lancée là où voudrait bien la conduire le destin. C'était le seul moyen. Jamais je n'aurais pu pivoter à temps pour me défendre. Surtout si, comme je le supposais, Dick me sautait dessus dès que ses pieds toucheraient le siège arrière.

En me voyant lui glisser sous le nez, il poussa un rugissement de fureur. Je le perçus très vaguement. J'avais heurté une pierre dans ma chute et des étincelles dansaient devant mes yeux.

S'il avait quitté la jeep aussi rapidement qu'il s'était jeté dedans, il aurait peut-être pu m'avoir. Mais il resta accroupi une fraction de seconde de trop. La voiture déviait vers le précipice. C'est seulement quand elle commença à basculer, ses deux roues avant dans le vide, qu'il s'éjecta. Ramassé sur lui-même, il roula à terre comme une énorme boule de poils. Avalée par le gouffre, la jeep alla s'écraser sur un roc et dévala la pente avant d'exploser.

Les flammes éclairèrent la silhouette gigantesque aux bras démesurés. Elles éclairèrent aussi son poing énorme et le couteau qu'il brandissait.

Je me redressai à genoux, la main tendue vers le .38 qui aurait dû pointer sa crosse hors de mon holster. Mes doigts se refermèrent sur le vide. Ma chute m'avait à ce point commotionné que, sur l'instant, je ne trouvai aucune explication à sa disparition. Puis mes idées s'éclaircirent et je me rappelai l'avoir posé à côté de moi sur le siège. Il me restait mon poignard. En d'autres circonstances, je m'en serais contenté. J'ai tué plus d'un mâle de la Tribu au couteau. Mais ils n'avaient jamais quitté la jungle et ignoraient le maniement des armes; tout comme ils ignoraient les subtilités du judo et du karaté.

Je débouclai mon ceinturon. Le poignard dans la main droite, j'empoignai la large lanière de cuir dans l'autre. Les jambes fléchies, Dick marchait sur moi. La lueur rougeoyante de l'incendie illuminait de reflets sanglants sa lame qui luisait dans l'ombre.

Au loin retentirent plusieurs voix et, à peine distinct, le bruit d'une course précipitée. Mes poursuivants gagnaient du terrain. Derrière les pics, le jet, qui amorçait sa descente, faisait vibrer les montagnes du rugissement de ses réacteurs. Je me concentrai un instant, prêt à l'attaque.

Je fis un pas en avant, et la boucle de mon ceinturon cingla l'air. Le coup surprit Dick. D'un bond, il battit en retraite. La boucle heurta son coutelas, et si le coup ne suffit pas à le désarmer, il ne manqua pas d'entamer son assurance.

A nouveau, la lanière de cuir fendit l'espace qui nous

séparait. Le poing fermé, Dick l'attrapa au vol. Il était rapide, beaucoup plus rapide que tous mes précédents adversaires et, naturellement, beaucoup plus fort que n'importe qui, moi y compris. Le ceinturon vola d'entre mes doigts avec une telle violence qu'il m'arracha la paume, et la traction faillit m'entraîner à portée de son couteau.

Sa lame à la hauteur de mon ventre, il fonça. Je parai l'attaque dans un cliquetis de métal et, m'écartant d'un pas, je lançai mon poignard. Je jouais le tout pour le tout. S'il l'interceptait, c'était fini.

La lame s'enfonça de cinq pouces dans sa large panse.

Son arme rebondit sur le sol. Il vacilla, les deux poings agrippés au manche de mon coutelas. Puis il tomba à la renverse et sa respiration se fit rauque.

Autour de nous, des coups de feu illuminèrent la nuit. Des balles sifflèrent à mes oreilles. Ce n'était pas le moment de traîner. Tant pis pour mon poignard. J'aurais pourtant dû prendre le temps d'aller l'extraire du corps de Dick, défier les balles. Si j'avais récupéré ce poignard... Mais je n'en fis rien, et on ne réécrit pas l'Histoire.

Pour échapper à la clarté de l'incendie, je traversai la piste d'un bond, et grimpai à plat ventre entre les rochers en surplomb. Les soldats arrosaient la pente d'une fusillade nourrie. S'ils m'avaient vu, c'était de trop loin pour me reconnaître, et ils n'avaient aucune idée de ma position exacte. Leur tir se concentra bien au-delà de l'endroit où je me trouvais, puis il s'affaiblit et finit par s'arrêter net, faute de munitions.

A l'abri des rochers, je longeai la piste sur une cinquantaine de mètres. Je ne trouvai personne pour me bloquer le passage là où je devais redescendre pour rejoindre l'endroit où j'avais laissé Clara.

La jeep était toujours là, et je me demandai bien pourquoi les soldats ne l'avaient pas prise pour se ruer à ma poursuite. Sur la droite se tenait une sentinelle unique. A ses pieds gisait une forme immobile. L'obscurité ne me permettait pas de la distinguer, mais je flairai le vent. C'était Clara. Vivante.

M'approcher du garde pour lui tordre le cou ne présenta aucune difficulté. A nouveau je me retrouvai armé d'un fusil, d'un pistolet et d'un couteau.

Pieds et poings liés, Clara avait été bâillonnée avec des morceaux d'étoffe arrachés à sa chemise. Dick l'avait épargnée dans le seul but de la voir recevoir le châtiment réservé à ceux qui passent à l'ennemi. Je la libérai en un tournemain.

– Tu vas pouvoir grimper?

Elle s'éclaircit la gorge.

– Oui. Comment t'es-tu débrouillé pour leur échapper? Et Dick?

– Mort. Qu'est-il arrivé à la jeep?

– Aucune idée. Elle a dû ramasser une balle perdue. Les soldats ont voulu la faire démarrer, mais il n'y a rien eu à faire. Le moteur refuse de tourner.

Elle ne m'aurait été d'aucun secours, de toute façon. Je ramassai un sac de boîtes de conserves et deux bidons d'eau, plus un fusil et deux chargeurs que je tendis à Clara.

Nous escaladions la paroi rocheuse en direction du sommet quand le ciel commença à pâlir. Je pressai le pas. Une heure plus tard, nous crapahutions toujours, mais Clara était à bout de souffle. Loin en dessous, deux jeeps qui transportaient un contingent armé s'arrêtèrent à la hauteur du véhicule que j'avais réduit en miettes. A cette distance, je ne pouvais pas distinguer les visages. Les nouveaux venus arrivaient vraisemblablement du terrain d'atterrissage, où le jet se trouvait toujours, puisque nous ne l'avions pas entendu décoller.

Posté derrière un rocher, je les regardai tenir conseil. De temps en temps, un officier levait ses jumelles et balayait les rocs jusqu'au sommet, mais pas une seule fois il ne les immobilisa dans ma direction. Les jeeps se remirent en route, escaladant le col pour amorcer la descente vers la vallée. Si un des Neuf se trouvait à bord, les officiers du rempart auraient de la chance de s'en tirer vivants. Les Neuf ne pardonnaient jamais.

Sur l'autre versant, le convoi incendié ne fumait même plus. La piste avait été dégagée et je ne tardai pas à compter neuf autres jeeps qui, pare-chocs contre pare-chocs, grimpaient en sens inverse dans un énorme nuage de poussière. Elles se rabattirent au bord du précipice, les roues pratiquement dans le vide, pour céder le passage aux visiteurs en provenance du terrain d'atterrissage. Puis la colonne reprit sa route à une vitesse plus que dangereuse.

Je pensais qu'on les avait envoyés me donner la chasse. Je me trompais. Arrivé en bas, le convoi contourna le pied de la montagne. Pour me prendre à revers, peut-être. Ils n'étaient pourtant pas assez nombreux pour ratisser les pentes. Sans hélico, ils ne pouvaient pas grand-chose.

Il me fallut atteindre le sommet pour découvrir ce qu'ils manigançaient. Les neuf jeeps, pas plus grosses que des fourmis à cette distance, s'alignaient au pied du biréacteur. Visiblement, les visiteurs avaient l'intention de repartir bientôt, et ils préféraient prendre leurs précautions au cas où je les attaquerais.

J'entraînai Clara dans la descente. En fin d'après-midi, nous étions presque au pied du versant. Le soleil étincelait à intervalles sur les lentilles des jumelles braquées dans notre direction. Mais si on nous repéra, personne ne broncha. Et je ne crois pas qu'ils seraient restés les bras croisés s'ils nous avaient aperçus.

– Pourquoi va-t-on se jeter dans la gueule du loup? me demanda Clara.

– C'est la dernière des choses à laquelle ils s'attendent. En tout cas je l'espère. Et puis, je veux m'approcher le plus près possible, pour le cas où ce jet transporterait un des Neuf. Apparemment, le pilote attend pour décoller le retour des jeeps qu'on a vues tout à l'heure. En plus, si on peut s'en emparer, je ne vois pas pourquoi on se gênerait.

Clara me sauta au cou.

– James, tu es merveilleux! Un vrai Tarzan! Un véritable *Starkathr*! Mon *Ubermensch* adoré! Samson, Hercule et Ulysse réunis! Personne d'autre que toi ne serait arrivé à sortir de ce canyon, et n'importe qui d'entre nous aurait abandonné là-bas! Et maintenant, par-dessus le marché, on s'offre le luxe de les attaquer alors qu'on pourrait s'enfuir! Tu es vraiment un phénomène à part!

– J'ai un peu abusé de ma chance ces derniers jours, c'est vrai.

Pour une raison mystérieuse, elle trouva ça drôle, et elle faillit s'étouffer dans un éclat de rire.

A mi-chemin de la vallée, il fallut plonger à couvert. Des obus fouaillaient la pente en contrebas. Accrochés au roc, le visage enfoui dans les pierrailles, nous respirions à peine. Trente-cinq obus au moins éventrèrent le flanc de la montagne. Le plus proche atterrit à quarante mètres. Suffisamment près à mon goût, mais à part des nerfs à vif et des tympans malmenés, nous étions indemnes.

J'attendis cinq minutes avant de risquer un œil par-dessus le bloc de granite qui nous protégeait. Des silhouettes minuscules s'activaient sur le terrain d'atterrissage, et les canons scintillaient au soleil. Personne ne paraissait se soucier de nous. J'en conclus qu'ils avaient bombardé le versant à tout hasard pour nous effrayer, si nous étions dans les parages.

Il valait tout de même mieux rester encore un peu à l'abri. L'ombre des pics s'allongea et avala les contreforts de la vallée. Le crépuscule nous trouva engagés dans la dernière portion de la descente. A un quart de mile de la piste d'atterrissage, je fis une nouvelle halte, pour piocher dans notre réserve de boîtes de conserves.

Nous terminions notre repas froid quand un hélicoptère contourna la montagne dans le crépitement de ses rotors. Les balises illuminèrent le terrain mais l'appareil passa au-dessus et disparut à l'ouest. Visiblement, ils n'étaient plus à court de transports aériens. Cet hélico, j'en avais la certitude, allait ramener les visiteurs jusqu'au jet, histoire de leur éviter les interminables cahots de la piste et la hantise de tomber dans un piège.

Et puis, dès le lever du jour, cet appareil se mettrait à notre recherche. Et d'autres viendraient en renfort pour nous donner la chasse.

J'attendis que la nuit soit complètement tombée, et je laissai Clara derrière un rocher au pied de la montagne. La piste d'atterrissage était toujours illuminée et des projecteurs éclairaient les quatre tentes du campement. Je soupçonnais qu'un réseau de fils électriques reliés à un signal d'alarme central sillonnait tout le périmètre. Quatre hommes achevaient de monter une structure métallique de douze mètres de haut dont la flèche ressemblait fort à une antenne. Une minute plus tard, elle se déployait et commençait sa lente rotation. Je restai abrité derrière un buisson. Ce dispositif me faisait l'effet d'un détecteur de présence ou d'un radar, et quand on sait que certains de ces appareils peuvent différencier le pas d'un homme de celui d'une femme à vingt miles de distance, mieux vaut être extrêmement prudent si on veut se risquer dans ses parages. Nous avions eu la chance d'atteindre le pied de la montagne avant l'installation de cet engin. Sinon, nous n'aurions jamais pu leur échapper.

Je fis le guet un bon moment. Je comptai trente-six soldats. La moitié d'entre eux montaient la garde sur le pourtour du camp et au pied de l'avion. Les autres s'activaient aux fourneaux, ou se reposaient dans des sacs de couchage à même le sol. Quelques-uns s'étaient retirés dans les tentes. Je sentai leur tension nerveuse, et de temps en temps un brusque éclat de rire déchirait le silence pour confirmer mon intuition.

Je repérai deux canons de 60 mm, flanqués d'environ soixante obus chacun, plus six mitrailleuses calibre 50 montées sur trépied. Chaque soldat portait un fusil automatique. Les jeeps garées en rond étaient disposées de façon qu'ils puissent se barricader derrière le cas échéant.

Logiquement, l'hélicoptère allait se poser le plus près possible du jet pour que le transbordement des passagers s'opère dans des conditions de sécurité optimales.

Je battis en retraite et rampai jusqu'à Clara, entreprise qui me prit un temps considérable car je progressais en zigzags de caillasse en ravine, en me figeant instantanément chaque fois que le radar pivotait de mon côté.

– Avec l'hélicoptère, ils ont deux possibilités, expliquai-je à ma compagne. Ou bien l'appareil contourne la montagne et approche par le défilé, ou bien il coupe au plus court, au-dessus des pics. Ils savent que nous avons une M-15. Ils resteront hors de portée. A moins qu'ils ne prennent pas trop de précautions. S'ils pensent qu'on serait bien bêtes de s'attarder dans le coin quand on a la possibilité de prendre le large, ils ne se méfieront pas. Mais ils peuvent aussi se dire qu'on ne peut pas compter sur moi pour obéir au bon sens. L'expérience leur a enseigné que je ne prends pas toujours mes jambes à mon cou.

Clara éclata de rire et m'embrassa sur la joue.

– Tu veux mon avis? Ils ne savent tout simplement plus quoi penser.

Je lui révélai ce que j'attendais d'elle si elle voulait m'aider. Si elle ne voulait pas, qu'elle me quitte. Je ne tenais pas à ce qu'elle reste dans les parages, à moins de savoir très exactement où elle était et ce qu'elle y faisait. Elle accepta de m'obéir sans hésiter, mais s'éloigna à contrecœur, m'embrassant une dernière fois en me disant qu'elle espérait me revoir bientôt. Je crois pourtant qu'elle partait le cœur léger. Elle avait peur, naturellement, mais elle venait de sortir d'une situation apparemment désespérée et elle pouvait très bien se tirer de celle-ci aussi.

Elle allait mettre une bonne partie de la nuit pour atteindre son poste, de l'autre côté du sommet, en haut du défilé. Me coulant à quatre pattes entre les rocs, je me postai à un quart de mile du camp. Si l'hélicoptère coupait en ligne droite au-dessus des cimes, il aurait déjà perdu pas mal d'altitude en arrivant à ma hauteur. Il passerait pratiquement à ma portée. Après, évidemment, j'aurais intérêt à détaler pour échapper au tir des soldats en faction sur le terrain.

J'estimai mes chances. Une sur cent de dégommer l'appareil; une sur mille de m'en sortir vivant.

Si la vie d'au moins un des Neuf n'avait pas été en jeu, j'aurais annulé l'opération. Mais je les haïssais trop pour reculer. Clara était à l'abri des sentinelles. Si c'est elle qui descendait l'hélicoptère, elle pourrait s'enfuir à temps.

L'obscurité de la nuit s'émietta et le soleil fit sa réapparition. Selon mes prévisions, l'hélicoptère ramènerait ses passagers en plein jour. Pour mieux nous repérer, et pour faciliter le décollage du jet.

C'est environ une demi-heure après l'aube que j'entendis le vacarme des rotors. L'appareil volait beaucoup plus bas que je l'espérais, à environ cent cinquante mètres du sol. Mais il ne venait pas en ligne droite, il progressait par bonds, tantôt à droite, tantôt à gauche, et au début je crus qu'il allait se replier. Puis il fondit sur moi et je compris la manœuvre. Au lieu des huiles que j'attendais, il transportait des soldats armés jusqu'aux dents. La ruse, évidente, consistait à nous tenter pour que nous leur révélions gentiment notre position. Après quoi, quand ils nous auraient réglé notre compte, ils iraient tranquillement chercher les visiteurs.

Faites confiance aux Neuf pour ce qui est de prendre des super-précautions!

Aplati sous une large roche de granite, je restai rigoureusement immobile. L'appareil passa presque à angle droit au-dessus de ma tête. Il survola le camp, fit demi-tour et repartit au nord. La montagne le cacha. Il n'allait pas tarder à revenir, par le défilé cette fois, là où le guettait Clara. J'espérais qu'elle aussi éventerait le stratagème.

La masse ventrue de la montagne étouffait tous les

bruits en provenance du versant opposé. Je ne pouvais pas grimper au sommet, à cause du radar. Il n'y avait plus qu'à attendre. Et puisqu'on voulait que j'attende, j'attendrais. Ma patience est illimitée. Je l'ai acquise à rude école quand, enfant, je restais à l'affût pendant des heures pour me procurer de la viande. Mais jamais encore je n'avais ressenti cette espèce de fébrilité douloureuse qui m'étreignait.

Une heure passa. L'hélicoptère se montra enfin au-dessus des pics. Cette fois, il volait en rase-mottes, comme si, dans une dernière tentative pour nous pousser à bout, il nous défiait de tirer. Si nous avions suffisamment de chance pour le descendre, les Neuf perdraient un autre de leurs appareils de combat et quelques hommes supplémentaires. Peu importe. Ils regagneraient le jet par la route, ou attendraient l'arrivée d'un nouvel appareil. Dix mille ans de guérilla, ou plus, leur avaient enseigné à ne pas se soucier du temps que pouvait leur faire perdre la mise en pratique de précautions que de simples mortels auraient jugées superflues.

Plus que jamais, j'étais certain qu'au moins un des Neuf figurait parmi les visiteurs. Jamais ils n'auraient déployé une telle prudence pour qui que ce soit d'autre, pas même un candidat désigné pour occuper un siège vacant.

L'hélicoptère ne se contenta pas de survoler la crête. Il passa au-dessus du camp, et commença à naviguer de haut en bas des pics et de long en large à travers la vallée, tournicotant en allées et venues interminables qui durèrent plus d'une heure.

Quand il se décida enfin à faire demi-tour, j'en étais arrivé à la conclusion que je perdais mon temps. Mon plan était risqué et j'aurais dû me douter qu'il ne marcherait pas.

Pourtant, je m'obstinai. J'attendis, et j'attendis encore. Le soleil s'enfonça derrière les pics. En bas, l'activité du camp ne révélait rien d'anormal. Plusieurs jeeps, qui étaient parties en fin de matinée, revinrent au crépuscule, avec le même nombre de soldats mais deux bazookas en plus.

Je me faufilai jusqu'au sommet et dévalai la pente sur l'autre versant. Je savais où était postée Clara et je me contentai de l'appeler doucement. Le vent m'apportait son odeur. Elle était seule.

Elle me donna le feu vert, et je la rejoignis.

– Je ne sais pas ce qu'il fabrique, dis-je. (Instantanément, elle comprit que ce « il » désignait le ou les représentants des Neuf.) Je suis sûr qu'en ce moment il est dans les cavernes en train d'inonder le monde de messages. Ils doivent avoir un sacré émetteur à leur disposition. Impossible de prévoir quand il va se décider à plier bagage, mais tu peux être sûre que nous n'arriverons jamais à nous approcher assez près, à moins d'avoir des envies de suicide.

– On a peut-être eu les yeux plus gros que le ventre, fit-elle, pleine d'espoir. Si on remettait la bataille à plus tard?

– Je nous donne encore vingt-quatre heures. S'il ne se passe rien d'ici là, on file.

Je l'entraînai derrière moi pour rejoindre les environs du campement. La descente nous prit une bonne partie de la nuit. Une ravine nous permit de nous glisser dans la vallée. Elle remontait insensiblement vers le terrain d'atterrissage et débouchait pratiquement en bout de piste, à une centaine de mètres de la plate-forme. Derrière nous, une étendue semi-désertique crénelée de creux, de bosses et de buissons squelettiques nous séparait du contrefort de la montagne. Deux cents mètres plus loin, elle s'élevait gentiment, avant de dresser ses falaises infranchissables à l'approche du sommet.

C'est là que le jet devrait prendre son envol. Il survolerait le dédale de ravines et de goulets en rase-mottes et, virant sur l'aile au-dessus des contreforts, se présenterait face au défilé qui commandait l'accès à la vallée.

En haut de sa flèche, le radar continuait ses interminables quarts de tour. Sans la lumière des balises, il nous aurait été impossible d'éviter son rayonnement. J'invitai Clara à descendre la ravine à quatre pattes et, laissant la montagne sur ma droite, j'émergeai hors du périmètre couvert par le radar.

Je mis alors la comtesse au courant de mes intentions. Elle les jugea téméraires, voire suicidaires. J'étais entièrement d'accord avec elle, ce qui ne m'empêcherait pas d'essayer quand même.

Mieux valait profiter des dernières heures de la nuit pour nous reposer. Je dormis très paisiblement, ne me réveillant qu'une seule fois pour entendre ce que je pris pour le rugissement d'un léopard. Mais le fauve était loin, et même s'il y avait des léopards dans les environs ils ne devaient pas être de ceux qui s'attaquent à l'homme. Je me rendormis.

A l'aube, je partageai avec Clara nos dernières réserves d'eau et de nourriture. Une heure plus tard, j'entendis l'hélicoptère. Il passa bien au-dessus du sommet et piqua à la verticale juste à côté du jet. A cette distance, les hommes qui sautèrent à terre étaient minuscules. Mais une des silhouettes était si courtaude, avec ses bras démesurés et son crâne aigu, que je reconnus immédiatement Dick.

Je ne l'avais donc pas tué, en fin de compte. Soit

mon poignard ne s'était pas enfoncé suffisamment, soit il avait fait semblant d'être blessé pour me prendre par surprise quand je bondirais pour l'achever. Toujours est-il qu'il marchait seul, sans le secours de personne. Preuve qu'une fois encore les Neuf devaient une fière chandelle à Caliban pour l'invention de ses remèdes miracles.

La seconde silhouette qui attira mon attention comme un aimant était celle d'un homme trapu, noir de peau et blanc de poil. Sa démarche caractéristique me certifia que c'était bien Mubaniga.

Le troisième personnage, un grand type efflanqué au crâne luisant, ne pouvait être que Murtagh.

Pour une raison quelconque, ils avaient interrompu sa mission en Allemagne.

Mubaniga monta à bord du jet avec une importante escorte armée. Dick et Murtagh restèrent au sol. J'aurais dû m'en douter. C'est eux qui allaient nous donner la chasse. Ils avaient rappelé Murtagh pour qu'il répare son erreur de calcul. Je suppose qu'il aurait bien aimé dire à Mubaniga que tout ça ne serait pas arrivé s'il m'avait exécuté au moment de ma capture. Mais il n'osait certainement pas.

Deux jeeps s'ébranlèrent, pour s'arrêter en bout de piste. Dix soldats, l'arme au poing, descendirent fouiller les replis de terrain sur plusieurs centaines de mètres. Deux hommes furent postés, face aux montagnes, à l'endroit même où débouchait notre ravine. Les autres se positionnèrent légèrement en retrait, sur deux rangs qui couvraient toute la largeur de la piste.

Les réacteurs du jet ronflaient. Je plongeai dans le dédale de goulets qui creusait la vallée, et je commençai à ramper. A partir de là, je ne pouvais plus compter que sur mes deux oreilles pour me guider. Face contre terre, je me coulais dans l'ombre, mon fusil dans une main, mon .45 dans son étui, et mon couteau dans sa gaine.

Clara se terrait dans une cavité à flanc de montagne, hors du champ d'action du radar. Elle avait ordre de bondir de son trou dès qu'elle me verrait me redresser pour courir.

Les deux réacteurs rugissaient, mais le pilote se livrait encore aux dernières vérifications. Tout à coup, un bruit inattendu vint se mêler au vacarme des moteurs à réaction. Je risquai un œil et découvris l'hélicoptère qui se balançait en bout de piste. Je ne sais pas pourquoi je ne l'avais pas compté dans mes prévisions. En tout cas, j'avais commis l'erreur de le considérer uniquement comme un moyen de transport, et maintenant il survolait les abords immédiats pour s'assurer une dernière fois que l'ennemi ne rôdait pas dans les parages.

Je m'aplatis sur le côté en m'efforçant de ressembler le plus possible à un bloc de granite. Ma peau maculée de terre et mes vêtements poussiéreux étaient à peu près de la couleur appropriée. Et puis une saillie me protégeait de son ombre.

L'hélicoptère bondit à cent mètres devant moi. Lentement, je me hasardai à tourner la tête pour le suivre des yeux. Il continua à zigzaguer, à dix mètres du sol, les flancs hérissés de mitrailleuses. Il poursuivit sa course sur un demi-mile puis, le pilote assumant qu'au-delà de cette limite le jet aurait pris suffisamment d'altitude pour échapper à une attaque, il rentra au bercail. Il allait se poser quand le changement de régime des moteurs à réaction m'avertit que le jet s'apprêtait au décollage.

Pour moi, c'était le coup de pistolet du starter.

Plié en deux, je m'élançai. Clara devait déjà ramper hors de son trou. Sa mission était d'avancer assez près pour abattre le premier garde à ma gauche. Celui de droite, on ne sait pourquoi, eut la bonne idée de se retourner face à la piste une fraction de seconde. Peut-être pour vérifier qu'il ne se trouvait pas sur le passage de l'avion. Je n'avais pas prévu ça, mais j'en profitai pour franchir quelques mètres supplémentaires avant d'ouvrir le feu.

L'hélico se balançait toujours à ras de terre, et le fracas des rotors ajouté aux rugissements du jet absorbèrent le bruit du coup de feu de la comtesse.

L'autre sentinelle pivota, m'aperçut, se figea et, lâchant son fusil, s'effondra sur le côté pour basculer dans le vide. Je dus l'enjamber d'un bond pour pointer mon arme sur le soldat le plus proche, au premier rang. Mais il tomba avant que je puisse tirer, fauché par une des balles de Clara.

Planté au centre du goulet, j'évaluai la distance qui diminuait rapidement sous le train d'atterrissage du jet. Je me ramassai sur moi-même pour, d'un seul élan, bondir au sommet de la gorge, près de deux mètres en surplomb. Je n'avais pas touché terre que déjà mon fusil entrait en action. Aucun des hommes à droite de la piste n'en réchappa.

Le premier soldat sur ma gauche avait vu tomber les sentinelles. Il riposta et, malgré le vacarme des réacteurs, son voisin entendit les détonations. Il se mit à tirer en direction de Clara. Les autres l'imitèrent.

Pris en ciseau entre deux feux, ils tombèrent un à un sous nos balles.

Le pilote du jet s'était rendu compte trop tard de ce qui se passait. Il ne pouvait plus rien faire, sinon tenter de forcer le barrage.

Je m'accroupis. Imperturbable, Clara vidait chargeur sur chargeur sur l'avion qui roulait à plein régime. Ses roues quittèrent le sol, un peu trop tôt peut-être. Je ne sais pas. Je me détendis comme un ressort, et je catapultai mon fusil automatique qui tournoya une fois, avant de s'engouffrer au beau milieu du réacteur gauche.

Je n'eus pas le temps de me jeter à terre. L'aile me frôla le crâne dans un déchirement infernal.

En théorie, rien n'empêchait l'appareil de continuer sa course avec un seul réacteur, mais tout se passa très vite. Mon fusil avait endommagé un des moteurs, le pilote avait décollé un peu trop tôt, et puis les balles de Clara avaient peut-être atteint quelqu'un ou quelque chose de vital.

Le jet emboutit le flanc de la montagne derrière nous, et une tornade s'éleva vers le ciel pour s'abattre dans une pluie de débris. Les flammes rugirent au milieu des tourbillons de fumée âcre qui fusaient à plus de trente mètres à la ronde.

Sur le terrain, les soldats restaient frappés de stupeur. J'avais compté sur cette réaction. Je me penchai, attrapai Clara par la main et la hissai à mes côtés si brusquement qu'elle poussa un cri de douleur. Notre objectif était la jeep la plus proche. Clara sauta au volant et mit le contact.

Tout à coup, le pilote de l'hélicoptère parut recouvrer son sang-froid. L'appareil monta en flèche, pivota, et une mitrailleuse ouvrit le feu. Maintenant, les soldats couraient en tous sens sur la piste pour s'entasser dans les jeeps. En tête venaient Dick et Murtagh.

S'ils avaient eu cinq minutes pour réfléchir, ils auraient pris la fuite sans nous accorder la moindre attention. En laissant l'un des Neuf périr dans l'attentat, ils s'étaient condamnés eux-mêmes. La candidature de Murtagh n'avait plus aucune valeur. Désormais, il était la proie des Neuf au même titre que moi.

Mais ils obéirent à leurs seuls réflexes. Chargés de défendre les Neuf, ils se précipitaient à la poursuite de celui qui méritait la mort pour avoir si longtemps contrarié leurs projets.

Clara projeta la jeep dans un demi-tour en épingle à cheveux, et elle fonça droit sur l'hélico. La manœuvre eut pour résultat d'énerver le pilote, qui était déjà bien assez énervé. Il tournoya au ras du sol comme pour prendre le large, s'arrêta et repartit en sens inverse, dans notre direction. Les rafales soulevaient des geysers de poussière. Quelques balles percèrent le capot. Mais entre les mains de Clara la jeep bondissait comme un taureau qui aurait eu un nid de frelons accroché sous la queue. Elle pirouettait sur elle-même à une telle vitesse que je dus caler mes pieds sur le dossier du siège pour ne pas perdre l'équilibre.

J'avais de plus en plus de mal à maintenir mon angle de tir quand soudain l'hélicoptère se coucha sur le côté et alla s'écraser sous le nez des voitures lancées à notre poursuite. L'explosion inonda les alentours d'une pluie d'essence enflammée. Clara écrasa la pédale de frein juste à temps pour éviter le brasier. Elle recula en marche arrière, exécuta un demi-tour sur les chapeaux de roues, et fonça droit devant.

Les autres jeeps reculaient aussi pour contourner l'épave. La seconde explosion les faucha. C'étaient sans doute les munitions. Une vague de feu recouvrit plusieurs véhicules. Les soldats sautèrent en marche pour rouler à terre en hurlant de douleur.

La voiture de Murtagh n'échappa pas au carnage,

mais Dick et lui parvinrent à s'en sortir à temps. Je leur tirai dessus, sans parvenir à les toucher.

Les dernières jeeps du convoi transportaient des hommes déterminés. Laissant l'épave sur leur gauche, ils s'élancèrent à nos trousses comme s'ils refusaient de tirer un enseignement quelconque de ce qui se passait depuis trois jours et quelque. Ils n'avaient peut-être pas tout à fait tort. Ma bonne fortune ne pouvait pas durer éternellement.

Clara longea la gorge pour la traverser à son extrémité, et plongea en pleines montagnes russes. Les cahots étaient tels que je ne pouvais rien faire sinon m'agripper solidement. Heureusement, nos poursuivants étaient réduits à la même impuissance.

La jeep tressautait au gré du terrain, aussi plissé que le visage d'un centenaire. Dans le vacarme des amortisseurs torturés, elle vacillait de droite et de gauche, rebondissait sur les bosses et s'affalait dans les trous avec des craquements sinistres d'os brisés et de muscles arrachés. Soudain, Clara donna un brusque coup de frein pour nous éviter de basculer dans une dépression. La jeep dérapa vers le bord, brouta, cala, et se retourna sur le flanc.

Clara s'éjecta d'un côté, moi de l'autre. Je me relevai d'un bond, persuadé qu'elle était écrasée sous le véhicule. Mais elle gisait face contre terre, un peu plus loin.

Je la relevai. Elle était blanche comme un linge.

– Ça va?

Elle hocha la tête. Je lui tendis un fusil.

– Tiens-les à distance pendant que j'arrange ça.

– Comment veux-tu arranger ça? dit-elle, mais elle descendit dans la ravine et, juchée sur un roc, se tint prête à recevoir nos adversaires.

Les jambes fléchies, je m'assurai une bonne prise sur la carrosserie. Dans un gémissement de tôle froissée, la voiture se souleva de dix bons centimètres. Je perdis pied, me rattrapai, et la redressai sur ses quatre roues.

Clara avait ouvert le feu. Je courus la rejoindre, et je lui tapai sur l'épaule. Elle pivota, ouvrit de grands yeux et sourit. Ses joues reprenaient des couleurs.

Ce n'était pas le moment de rêvasser. Clara sauta au volant, et en avant!

Le vacarme de la fusillade nous poursuivit tandis que nous foncions dans le lit de la ravine. Nous ne devions pas aller bien loin, malheureusement. Au bout de trois cents mètres, un canyon nous coupa la route. La comtesse s'éjecta au dernier moment, juste avant que la jeep bascule dans le vide. J'avais espéré que la voiture survivrait au plongeon. Mais elle piqua du nez, s'enterra dans la pierraille, et le radiateur éclata. Un flot d'eau bouillante gicla en bouillonnant.

Nos poursuivants ne se risquèrent à nos trousses que longtemps après avoir cessé le feu. Le canyon qui nous avait privés de voiture les empêchait de nous rejoindre, à moins d'un long détour. Nous n'étions plus motorisés; ils décidèrent de suivre à pied. Mais nous avions une bonne longueur d'avance, et nous avions déjà escaladé nos cent premiers mètres de montagne quand je les vis quitter la vallée. Autour de nous, la végétation devenait plus dense. La forêt vierge devait commencer juste derrière le sommet. Une fois de l'autre côté, seul Dick serait capable de relever notre piste.

Si Dick avait été élevé par la Tribu, il aurait été vraiment redoutable. Mais il avait passé son enfance chez des humains qui ne s'aventuraient pratiquement jamais dans la jungle. Il serait dérouté. Son poids, trop conséquent pour ses petites jambes, ralentirait sa marche. J'étais sûr de le distancer.

Pour ménager Clara, qui s'essoufflait rapidement, je dus faire halte plusieurs fois. Mais l'écart se maintenait. A la tombée de la nuit, nous avions franchi la lisière touffue de la jungle, pour plonger dans l'obscurité de ses profondeurs secrètes. Je m'arrêtai.

Laissant ma compagne à l'abri, confortablement blottie dans un arbre, je rebroussai chemin vers la lisière. Perché sur une branche à cinq mètres du sol, j'observai les ombres minuscules qui crapahutaient encore vers le sommet. L'obscurité croissait. Bientôt je ne distinguai plus une seule silhouette.

J'avais jeté mon fusil, son chargeur vide. L'autre contenait six cartouches, et je l'avais laissé à Clara. Je n'avais que mon .45 et mon couteau. J'étais éreinté. Nous avions étanché notre soif et rempli nos bidons à un trou d'eau, mais Clara n'avait rien mangé depuis le matin et j'avais dû me contenter d'une petite musaraigne que j'avais attrapée par la queue en chemin. J'étais affamé, fatigué, et je commençais à en avoir assez. J'aurais aimé me nicher pour la nuit au creux des feuilles, dormir, tout oublier.

Mais auparavant j'avais un travail à finir.

Je descendis de mon perchoir, et m'avançai dans le taillis. Grâce à son ouïe et à son odorat, à lui seul Dick valait tous les autres. Je redoublai de précautions.

J'avais parcouru une centaine de mètres quand s'éleva une rumeur étrange.

Toute la troupe scandait mon nom.

– Lord Grandrith! Lord Grandrith!

Si c'était une ruse – et je ne voyais pas d'autre explication –, elle était originale. En tout cas elle eut pour effet de piquer ma curiosité au point qu'il me fut impossible d'y résister.

Du haut d'un arbre, j'épiai leur camp, dressé dans une clairière.

Les réchauds Caliban étaient allumés. Huit des dix soldats hurlaient mon nom en chœur, mais les rugissements de Dick couvraient leurs cris. Au centre, Murtagh menait la danse, les mains en porte-voix.

Je profitai d'une pause pour crier à mon tour.

– Que voulez-vous?

– Parlementer, me répondit Murtagh.

– Pourquoi?

– Vous le savez bien. Les Neuf ne pardonnent pas. Ils vont nous exécuter. Nous préférerions faire équipe avec vous. Certains d'entre nous sont persuadés que vous avez vos chances, Caliban et vous. Nous nous mettons entièrement à votre disposition. Vous ne pouvez pas refuser. Vous avez trop besoin d'aide. Votre chance ne durera pas éternellement.

– Jetez vos armes! Toutes vos armes. Couteaux et pistolets aussi, si vous en avez.

Ils obéirent à contrecœur. D'une part parce que, privés de leurs armes, ils se sentaient nus comme des vers, d'autre part parce qu'ils n'étaient pas sûrs que je n'allais pas en profiter pour les faucher d'une seule rafale.

Quand leur artillerie fut dispersée un peu partout dans les fourrés, je sautai de branche en branche jusqu'au sol, que j'atteignis d'un dernier bond d'environ cinq mètres. Mon automatique et mon couteau n'avaient pas quitté leurs fourreaux.

Murtagh était tout sourire. Il ne me plaisait pas davantage maintenant qu'il essayait de se montrer aimable qu'au moment où il s'échinait à m'abattre.

Mais en temps de guerre, le jeu des alliances se moque bien des sympathies personnelles. Il s'apprêtait à parler. Je l'interrompis d'un geste.

– Si vous voulez que je signe un pacte, donnez-moi une preuve que ça en vaut la peine. Que savez-vous au sujet de ma femme ? Où en est la situation avec Caliban ?

– Le titre de candidat ne me met pas dans les secrets des Neuf. Je n'ai rien entendu dire au sujet de votre femme. J'ignore jusqu'au nom de celui qui est chargé de s'occuper d'elle. Caliban, j'ai reçu l'ordre de le traquer en Allemagne où on l'a vu dans les parages de Gramzdorf. On m'a dit qu'il avait essayé de tuer Iwaldi, et on m'a dit aussi que je devais éliminer Iwaldi sans hésiter si j'avais la chance de le rencontrer. Mais...

Décidément, le monde devait tourner à l'envers. Je m'alliais à ceux qui se liguaient contre moi depuis toujours, et les Neuf essayaient de tuer un des leurs. Le vieil Iwaldi, le nain à la peau craquelée dont la barbe blanche descendait jusqu'à la taille.

Signer un pacte avec l'ennemi n'était pas une nouveauté pour le genre humain. Pour moi non plus d'ailleurs. Pendant la Seconde Guerre mondiale, j'ai exécuté pas mal d'Allemands dans l'Est africain. Le patriotisme n'y était pour rien. Il s'agissait d'une vengeance personnelle. Les atrocités qui m'avaient poussé sur le sentier de la guerre étaient l'œuvre d'une troupe de bandits appartenant aux forces allemandes cantonnées en Afrique. Ils auraient d'ailleurs eu droit au peloton d'exécution si leur officier avait été au courant, mais von Lettow n'en savait rien.

Par la suite, je devins très ami avec ce colonel Paul von Lettow-Vorbeck, qui tint deux cent mille soldats britanniques en échec avec seulement onze mille combattants – Noirs africains pour la plupart. Naturellement, quiconque lit le volume où mon biographe traite de cet épisode a une vision faussée de la réalité. A l'en croire, ce sont les hordes allemandes qui auraient eu l'avantage du nombre, et les héroïques Anglais la gloire d'une victoire remportée de haute lutte. Mais mon biographe a toujours eu un faible pour les effets, au détriment des simples faits. Et puis, il débordait des sentiments antigermaniques de l'époque. La vérité, c'est que von Lettow-Vorbeck était un chef guérillero encore plus habile que Lawrence d'Arabie mais qu'il ne bénéficia jamais de la publicité faite à celui-ci. Rien d'étonnant, il était du côté des vaincus.

Je doutais que ce rampant de Murtagh puisse un jour forcer mon respect, comme l'avait fait Lettow-Vorbeck. Mais son intelligence était grande, sa ruse aussi, et il pouvait m'être utile, même si je ne lui accordais qu'une confiance limitée.

– J'étais en route pour l'Allemagne, continuait-il, quand on m'a dirigé sur Paris. C'est là qu'on perdait la trace de Caliban. Et puis j'ai reçu un autre message m'ordonnant de rentrer. Je n'arrivais pas à croire que vous vous étiez évadé, mais j'ai dû m'incliner. J'ai retrouvé Mubaniga au Congo, sur un terrain d'atterrissage, et nous sommes venus directement ici. Il m'a chargé de vous tuer, puis il est monté à bord du jet, comme vous le savez. Il n'a pas dit où il pensait aller, mais j'ai intercepté une communication qui indique qu'il comptait se rendre à Salisbury, en Angleterre. Pourquoi, je n'en ai pas la moindre idée.

Cet aspect de la situation m'arracha un sourire. Si Murtagh était en mesure d'intercepter un message qui ne lui était pas destiné, c'est qu'il connaissait la langue réservée à l'usage personnel des Neuf.

J'ignore d'où sort ce langage, et de quand il date. Mais quand j'étais porte-parole des Neuf, j'avais appris à le comprendre moi aussi, en m'emparant de certains documents lors d'une cérémonie rituelle. Murtagh avait dû profiter d'une occasion semblable. Preuve d'un courage étonnant, ou d'une inconscience phénoménale.

La langue secrète des Neuf, si je puis me permettre une petite digression, semble plus ou moins apparentée au basque. A l'origine, c'était sans doute la langue maternelle d'Anana, l'ancêtre suprême, et elle appartient vraisemblablement à la famille des langues méditerranéennes qui se propagèrent à travers l'Europe avant que les Indo-Hittites sortent de leurs forêts, dans ce qui est maintenant le centre de l'Allemagne.

Dans la clairière, je poursuivais mon interrogatoire :

– Où se trouve ce terrain d'atterrissage? Est-il équipé d'un émetteur capable de contacter l'Europe? Est-ce qu'on peut s'y rendre à pied, ou faudra-t-il nous emparer d'un hélicoptère ou d'un jet?

Murtagh plongea très lentement la main dans sa poche et en sortit une carte qu'il déplia par terre dans le faisceau d'une torche.

– Là, dit-il. Dans la forêt Ituri.

La carte était en français, et son doigt désignait une croix rouge tracée dans une zone marquée *Pygmées.*

Cette forêt se trouvait à environ cent trente miles. A pied, je pouvais y être en vingt-quatre heures, à condition de connaître sa position exacte. Si les autres m'accompagnaient, j'en aurais pour une semaine. Et j'avais besoin d'eux. De Murtagh, en tout cas. Je ne voulais pas non plus me séparer de Clara. Quand elle serait sortie de la jungle, elle ferait ce qu'elle voudrait.

En attendant, la dette que j'avais envers elle m'obligeait à lui faire regagner la civilisation.

– Il y a des atterrissages prévus, là derrière? demandai-je en indiquant la vallée d'où nous venions.

– Ils attendaient plusieurs appareils. En remplacement. Vous pouvez vous vanter de leur coûter cher!

– Les Neuf ne paieront jamais assez cher. Attendez-moi ici. Je reviens.

J'allai chercher la comtesse. Pendant le repas, il ne fut question que de notre future offensive. Murtagh essaya plusieurs fois de mettre mon autorité en cause. Visiblement, il avait du mal à se faire à l'idée qu'il ne dirigeait plus les opérations. Je le remis à sa place mais, ménageant sa susceptibilité, je m'arrangeai tout de même pour accepter plusieurs de ses suggestions. Suggestions tout à fait sensées du reste.

La nuit était déjà très avancée quand tout le monde alla se coucher. J'aurais pu regagner la forêt avec Clara pour être sûr qu'on ne nous sauterait pas dessus pendant notre sommeil, mais je craignais que mes nouveaux alliés ne me taxent d'indélicatesse. Mieux valait se tenir prêt à annuler le pacte au moindre signe de trahison, et éviter de les traiter ouvertement comme des léopards qui m'auraient guetté dans l'ombre.

J'eus quelques difficultés à m'endormir. Peut-être à cause de Dick. Je ne savais toujours pas quoi faire de lui. Il était hors de question de l'embarquer en Angleterre avec nous. Rasé, habillé et débarrassé de ses canines, il ne serait toujours pas passé inaperçu, et on ne pouvait pas se permettre d'éveiller la curiosité. Si on l'abandonnait dans la jungle, il se laisserait mourir de faim, ou bien deviendrait fou de solitude.

Si j'avais eu le temps, je lui aurais appris à chasser, à

se construire un abri contre le froid et la pluie. La femelle que j'avais vue l'an passé rôdait peut-être encore dans les montagnes d'Ouganda. Nous aurions pu la retrouver, Dick l'aurait prise pour compagne, et, grâce à leur progéniture, la Tribu ne se serait peut-être pas éteinte à jamais.

Ça ne tenait pas debout, évidemment. Les habitudes alimentaires de Dick étaient irréversibles. Il ne s'adapterait jamais à un régime de larves juteuses, de rongeurs, d'œufs d'oiseaux, de noix, de baies et de viande crue qui n'était pas toujours de la première fraîcheur, loin s'en faut. Sous le manteau humide et souvent glacial de la forêt, il attraperait rhume sur rhume et finirait par mourir de pneumonie. Il aurait pu émigrer vers le Gabon, où la jungle croît à basse altitude, mais je doute que la femelle l'y aurait suivi.

D'ailleurs, comme me l'avait appris notre courte période de vie communautaire dans le canyon, Dick avait été élevé parmi les humains, et il désirait les femelles humaines. Celle de la Tribu lui aurait certainement paru aussi affreuse qu'une guenon à un homme.

Je pensais n'avoir aucune inquiétude à me faire quant à son attitude envers moi. Certes, il avait essayé de me tuer alors qu'il prétendait être de mon côté, mais n'importe quel soldat en fait autant en temps de guerre, et je ne lui en tenais absolument pas rigueur.

Puis je sombrai dans un accès de mélancolie. Tout à coup je n'avais qu'une hâte : quitter ce genre de vie. J'en avais assez d'être toujours sur la brèche. Assez de tuer-fuir-attaquer. La neurasthénie me guettait. J'aurais aimé les planter là, hommes et sous-homme, et m'enfoncer dans la grande forêt. J'aspirais à vivre nu, à chasser les cochons sauvages et les antilopes avec mon seul poignard. J'aspirais à un nid douillet dans les arbres, au silence de la voûte séculaire, à son ombre sereine. Je ne voulais plus voir un seul être humain avant... avant très, très longtemps. Je voulais être libre, n'avoir de comptes à rendre qu'à moi-même, communier avec les bêtes, avec la Nature, telle que l'évoquent si bien certains poèmes de Whitman. La civilisation m'inspirait une haine féroce. Je haïssais les hommes. Je haïssais les villes, et plus particulièrement Londres, et plus particulièrement encore le brouillard, les nez qui coulent et les pieds gelés, le vacarme, les cris, les embouteillages, la foule, la cohue, les passants qui se marchent dessus, l'ambiance de folie et de haine qui pollue l'atmosphère au moins autant que les gaz d'échappement.

Sans ma femme et sans Caliban, je me serais mis en route tout de suite. Que les autres règlent leurs problèmes. Pourvu que les Neuf m'oublient, je n'en demandais pas plus. Jamais je ne serais allé les chercher. Moi aussi, je les aurais oubliés.

Mais Clio était peut-être en danger. Et Caliban, mon plus redoutable ennemi d'hier, était maintenant mon plus précieux ami.

Avec un profond soupir, je me retournai et j'invitai la nuit à apaiser mon esprit.

***

Le lendemain matin, quand Dick me demanda s'il nous accompagnait à Londres, je lui expliquai le pourquoi de mon « non ». Il finit par admettre la logique de mes arguments, mais me demanda ce qu'il allait faire. Je lui conseillai de retourner chez ses parents adoptifs, à la lisière de la forêt. Le jour viendrait où Caliban et moi partirions en campagne contre les Neuf, dans leurs cavernes. Et, ce jour-là, nous aurions besoin de lui et de sa force incomparable.

Il fit la grimace et effleura le pansement qui ornait son nombril. La prochaine fois qu'il se battrait au couteau, il n'oublierait pas ma leçon de lancer. On ne le prendrait pas deux fois par surprise.

Ma lame ne s'était pas enfoncée profondément, car il l'avait interceptée en fin de course. Ses mains étaient d'ailleurs largement entaillées, mais le pseudo-tissu cellulaire prescrit par Caliban pour ce genre de blessure avait déjà cicatrisé les plaies. Même chose pour la boutonnière que j'avais ouverte dans sa large panse.

Pour l'instant, Dick ne pouvait pas encore se redresser complètement sans risque de rouvrir la blessure. L'équipée en jeep à travers la vallée lui avait fait souffrir le martyre, mais il serait entièrement guéri d'ici une semaine – à moins d'un accident ou d'une éventration.

Quand je lui dis que tout vient à point à qui sait attendre, il hocha la tête en faisant la grimace – spectacle épouvantable. L'ossature proéminente au-dessus de ses yeux fauves, sa peau bleu-noir, ses mâchoires saillantes et ses longues canines aiguisées, tout cela était déjà bien assez féroce quand il souriait. Sur le chemin du retour, il garda un silence obstiné, sauf quand on lui adressait la parole, et il répondait alors d'une voix brève et coupante.

Dès qu'on retrouva les jeeps, le premier soin de Murtagh fut de contacter le camp par radio. L'opérateur ne put cacher son étonnement. Il supposait, comme tout le monde, que Murtagh avait été tué en tentant de me rattraper, ou qu'il s'était enfui pour mettre autant de distance que possible entre les Neuf et lui.

– J'ai capturé lord Grandrith, annonça Murtagh à l'officier qui était accouru. Je détiens aussi la comtesse. Je les ramène.

L'officier, un certain Ibn Khalim, resta muet de stupeur. D'abord parce que j'avais été pris vivant. Mais surtout, et ça il ne l'aurait jamais avoué, parce que apparemment Murtagh espérait obtenir son pardon en échange de ma personne.

Il observa un long silence, le temps vraisemblablement de contacter la haute autorité. Puis il ordonna à Murtagh de se présenter au camp immédiatement. Clara et moi devions être ramenés vivants. Telle était la volonté d'Anana, contactée par radio quelque part en Europe.

L'antique harpie devait concocter pour moi de splendides projets. Elle irait peut-être même jusqu'à me garder en réserve pour les cérémonies rituelles, où ma savante mise à mort servirait d'exemple aux autres candidats. J'imaginais très bien sa colère. Et je ne pus m'empêcher de sourire, bien qu'il soit à peu près aussi réjouissant de penser à Anana que d'envisager sa propre mort. Si tout marchait comme prévu, d'ici peu elle aurait encore de meilleures raisons d'être en colère.

Le retour vers le terrain d'atterrissage fut plus lent et plus confortable que l'aller. J'étais assis à l'avant de la première jeep, deux canons de fusil braqués à la hauteur des tempes, les bras et les jambes serrés comme si j'étais ligoté. Clara occupait l'avant de la seconde jeep, et paraissait aussi solidement attachée que moi. Un hélicoptère venu à notre rencontre nous rejoignit à un demi-mile de la piste. Il nous escorta à environ quinze mètres d'altitude tout le reste du chemin.

Les régiments armés que je m'attendais à trouver pour saluer notre arrivée brillaient par leur absence. Il y avait vingt soldats en tout et pour tout. Six d'entre eux étaient affectés en permanence au terrain d'atterrissage, les autres étaient venus en jeep depuis le camp des remparts. Un effectif si restreint semblait indiquer que Murtagh et ses hommes seraient traités comme des héros, afin de mieux endormir leur méfiance. Dès que Clara et moi aurions été remis entre les mains des soldats, Murtagh serait séparé des siens. Et à ce moment-là, chacun de leur côté, ils seraient faits prisonniers.

Ce procédé évitait les effusions de sang qui n'auraient pas manqué d'accompagner une attaque de front. Après les pertes qu'ils venaient de subir, les Neuf donnaient dans la subtilité.

Nous nous étions préparés à ouvrir le feu sur une véritable armée, dans l'espoir de culbuter leurs lignes pour nous emparer d'un avion. Tout à coup, voilà qu'ils nous facilitaient bougrement la tâche.

L'hélicoptère se posa au moment même où les jeeps s'arrêtaient. Un officier s'avança pour accueillir Murtagh, qui mit pied à terre et lui tira une balle en pleine poitrine.

Nos pertes s'élevèrent à deux morts et un blessé. La plupart de nos adversaires furent fauchés sur place avant d'avoir pu armer leurs fusils.

Je pilotai le premier hélicoptère, Murtagh le second. Le décollage eut lieu, après vérification des jauges de carburant, dès que nos hommes furent tous grimpés à bord. Passé les montagnes, nos appareils survolèrent la jungle, rasant la cime des arbres pour se poser sur la piste située au milieu de la forêt Ituri. Un quadriréacteur et deux hélicoptères étaient stationnés à la limite du camp. La bataille fut brève et sanglante. Les survivants, au nombre de quatre, préférèrent se précipiter dans la jungle plutôt que de se rendre. A leur guise.

Tandis que Murtagh s'installait aux commandes du jet et que ses hommes disposaient des charges de dynamite dans le camp, j'entrai en contact avec mes hommes. Je n'espérais pas recevoir de réponse. Selon Murtagh, ma base de Dakar avait été localisée et rayée de la carte. Mais c'était une unité mobile – jusqu'à quel point, j'aime mieux le garder pour moi, parce que j'ai bien l'intention de m'en servir encore. Ils répondirent.

Lors de mon interrogatoire, Murtagh avait omis de me demander si nous utilisions plusieurs codes. Il avait obtenu le mot de passe en vigueur le jour de l'interrogatoire. Comme les Neuf avaient attendu le lendemain pour transmettre leur message, ils avaient utilisé un code périmé. Résultat : mes hommes leur avaient donné de fausses informations, avant de déménager.

On était mercredi. J'utilisai donc le code prévu pour ce jour de la semaine, résumai la situation, donnai la liste des choses dont j'avais besoin et l'heure approximative de mon arrivée. Puis je demandai des nouvelles de Clio et de Caliban.

Clio n'avait pas donné signe de vie. En revanche, ils avaient reçu une réponse au message que j'avais envoyé à Doc quelques jours plus tôt.

Il se mettait en route pour le comité de Wiltshire, au sud de l'Angleterre. Destination finale : Stonehenge, un site antique situé à environ sept miles et demi au nord de Salisbury. Je devais l'y rejoindre le plus vite possible, à moins que l'évolution de la situation en Afrique n'exige absolument ma présence sur place. Doc était sur la piste d'Iwaldi, et l'affaire se présentait assez bien.

Son message datait de la veille.

Si ce maniaque de l'indépendance à tout crin me demandait son aide, c'est qu'il devait vraiment être dans le pétrin.

Je lui fis transmettre une réponse qui n'allait certainement pas lui parvenir avant qu'il ne soit trop tard, si tant est qu'il la reçoive jamais. Puis je coupai la transmission, et j'ordonnai aux soldats de Murtagh de prendre place à bord du jet. Dick m'intercepta. Ses rugissements couvraient le grondement des réacteurs.

– Vous ne pouvez vraiment pas m'emmener? Je pourrais vous être très utile. Vous en connaissez beaucoup qui sont aussi costauds que moi?

Je secouai la tête, et je me mis à hurler moi aussi :

– Je suis désolé. Vraiment désolé. Tu nous seras bien plus utile en restant ici. Le jour venu, tu nous seras d'un grand secours. Nous ne pouvons absolument pas te prendre avec nous. Tu attirerais trop l'attention. Ta seule présence suffirait à nous faire tuer.

– Alors allez au diable! rugit-il, la gorge gonflée, ce qui était chez lui le signe d'une fureur aveugle.

Logiquement, j'aurais dû le tuer sur-le-champ. Rien ne laissait prévoir ce qu'il pourrait inventer pour se venger, et nous ne pouvions pas nous permettre de prendre le moindre risque. Mais je me souciais peu de logique, apparemment, puisque je refusai de le tuer sans les provocations d'usage. Je lui conseillai même de prendre le large avant que le camp saute.

Puis je grimpai à bord, claquai la porte et, après le décollage, comme nous survolions le campement, j'appuyai sur le bouton de mise à feu à distance. Les deux hélicoptères et les tentes disparurent dans un champignon de fumée.

Quand les Neuf apprendraient la nouvelle, ils enrageraient plus encore, si toutefois c'était possible. Jamais ils n'avaient été tant menacés, tant injuriés, tant pied-de-nézés, si je puis me permettre une telle expression (un néologisme calqué sur la langue de la Tribu). J'espérais que les artères de la vieille Anana allaient se dilater comme des boyaux gonflés d'hydrogène jusqu'à ce qu'elle meure d'une crise cardiaque.

Mais, en fait, seule importait la fin de cette affaire. En attendant, je pouvais mourir, ou regretter de ne pas être mort, dans un jour ou deux. Peut-être même plus tôt. Et je le savais.

***

C'est quatorze heures plus tard que notre petite embarcation accosta sur une plage près de Bournemouth, une petite station balnéaire au bord de la Manche. Une volée de marches de bois nous conduisit en haut de la falaise. Quatre voitures nous y attendaient. Il était quatre heures du matin, et le brouillard nous entourait de toutes parts.

On n'y voyait pas à un mètre, mais le chauffeur paraissait faire une confiance aveugle à son instinct. Dans cette purée de pois, il traversa Bournemouth à la vitesse pratiquement suicidaire de quarante miles à l'heure. Il est vrai que, sur l'écran du tableau de bord, un radar lui signalait les silhouettes fantomatiques des piétons et des voitures, les réverbères et les panneaux indicateurs, dont personne n'aurait pu lire les indications, naturellement.

Notre voyage s'était déroulé sans histoire d'un bout à l'autre. A Dakar, ou plutôt dans le désert aux alentours de Dakar, on m'avait débarrassé du ceinturon de duralumin et de la coquille d'explosifs collée à l'époxy. On nous avait remis des vêtements propres et des faux papiers avant de nous transférer à bord d'un appareil qui, contournant l'Espagne, nous avait déposés sur un petit aéroport dans le sud-ouest de la France. De là, un engin amphibie nous avait transportés jusqu'à un yacht ancré à vingt miles des côtes, à la lisière de la zone envahie par le brouillard.

Quand on a suffisamment d'argent et qu'on a consacré plusieurs années à s'organiser, en prévision d'un règlement de comptes avec les Neuf, on ne tarde pas à découvrir qu'on peut faire beaucoup de choses en un rien de temps. Aussi longtemps que je pourrais alimenter mes hommes en argent – et j'avais suffisamment d'or planqué en Afrique et ailleurs pour ne pas m'inquiéter –, j'étais sûr de ne jamais me retrouver tout seul dans la bagarre. De son côté, naturellement, Doc avait sa propre organisation et ses propres réserves.

Ça rapporte d'être riche, comme me dit souvent Clio.

Il faisait encore nuit, et le brouillard ne s'était toujours pas levé, quand on nous déposa devant un petit hôtel de la banlieue de Salisbury, à la sortie de l'autoroute A-338.

Clara resta longtemps assise dans son lit à fumer cigarette sur cigarette jusqu'à ce que je la prie d'arrêter, ou d'aller dans la pièce voisine. Je fumais énormément à l'époque de mon premier contact avec la civilisation, mais ce vice n'a pas duré longtemps. Le tabac me laissait un trop mauvais goût dans la bouche. Depuis, quand je suis enfermé entre quatre murs, je ne supporte pas qu'on fume en ma présence.

Le lendemain à six heures, la femme de chambre frappa à la porte pour me réveiller. Clara dormait encore mais elle se leva peu après que j'aie fini de me raser.

– Je me demande ce que les Neuf viennent faire ici, me dit-elle. Je sais qu'officiellement ils sont sur la trace d'Iwaldi. Mais pourquoi justement ici? Hier soir, je me suis souvenue d'un jour, il y a quelques années, où j'étais tombée par hasard sur un homme que je n'avais vu que deux fois auparavant, dans les cavernes, William Griffin. Je me trouvais à Londres à l'époque, en visite chez des amis. William, un des fils de lord Braybroke, je crois, m'a dit avoir surpris une conversation entre un speaker et sa femme. Les candidats collectionnent les commérages, comme tu le sais, pour essayer de grappiller tout ce qu'ils peuvent comme informations sur les Neuf. D'après lui, Shaumbin disait à Titaloc que le monde avait tellement changé qu'il était désormais impossible de célébrer les rites funéraires dans certains endroits chers au cœur des Neuf. Là où est née Anana, par exemple, il y a maintenant un des plus grands bâtiments administratifs d'Espagne.

Shaumbin était l'un des deux Mongoloïdes que comptait l'état-major des Neuf. Et Titaloc, le vieil Indien d'Amérique centrale.

– C'est XauXaz qui est mort, continuait Clara. Que

sais-tu sur lui? Il a quelque chose à voir avec Stonehenge?

– Le jour où nous avons reçu l'ordre de nous entre-tuer, Doc et moi, Anana m'a révélé différentes petites choses. Je suis le demi-frère de Doc, et XauXaz est notre ancêtre commun. C'est notre grand-père, et probablement aussi notre arrière-arrière-grand-père. Dieu seul sait combien de fils il a engendrés. Ses frères, Ebn XauXaz et Thrithjaz, qui sont morts maintenant, ont dû également contribuer à agrandir la famille, longtemps avant que les Grandrith ne quittent leur Scandinavie natale pour venir en Angleterre. Ils étaient peut-être déjà de ce monde bien avant la naissance des langues germaniques. Ce sont des suppositions, évidemment. Mais il n'est pas impossible que le vieil Ing, qui, dans des temps immémoriaux, fut honoré comme un dieu vivant et qui, soit dit en passant, a donné son nom à cette bonne vieille Angleterre, ait eu son rôle à jouer dans la lignée des Grandrith. Mais, pour en revenir à XauXaz, il avait au moins dix-huit mille cinq cents ans à l'époque de la construction de Stonehenge, et, d'après ce que je sais, il n'avait pas encore entrepris ses grands voyages. De leur côté, les Wessex, qui ont construit Stonehenge et qui descendaient probablement des hommes de l'âge du bronze, n'avaient sûrement aucun contact avec les peuples nordiques. Le proto-germanique ne devait d'ailleurs même pas encore exister.

« Évidemment, je peux me tromper. XauXaz était peut-être déjà en Angleterre et c'est peut-être lui qui a supervisé la construction de Stonehenge. Nous ne le saurons probablement jamais. Mais si les Neuf sont ici, c'est qu'ils ont leurs raisons.

Murtagh choisit ce moment pour faire son entrée. Je

remarquai aussitôt l'augmentation des oscillations de sa tête. Sa peau était livide, et ses lèvres traçaient dans son visage une ligne à peine plus épaisse qu'un ongle.

– Vous êtes nerveux? lui dis-je.

– Je suis toujours nerveux avant de livrer bataille. Mais mes nerfs tiennent bon. On peut compter sur eux.

Je lui dévoilai le sujet de notre conversation, et lui demandai s'il avait des renseignements.

– Les Neuf sont traditionalistes à l'extrême. Je suppose que si vous vivez aussi longtemps qu'eux, vous le deviendrez aussi. Mais, vu votre style de vie, vous ne finirez même pas centenaire. Soit dit sans vouloir vous blesser, ajouta-t-il d'un ton sec.

Je souris. Apparemment, notre association ne modifiait en rien l'antipathie que je lui inspirais.

– Ils se réunissent ici pour les funérailles de XauXaz, poursuivit-il. Pas de véritables funérailles, évidemment. Même les Neuf ne peuvent pas enterrer un des leurs au beau milieu de Stonehenge sans éveiller la curiosité. Mais la cérémonie proprement dite peut avoir lieu ici, et la mise en terre dans une propriété privée des environs.

Sa théorie tenait debout. Je m'apprêtais à faire certains commentaires, quand le téléphone sonna. Une voix étrange, profonde comme le grognement d'un cochon enfermé au fond d'un puits, retentit à mon oreille.

– J.C.? D.C. à l'appareil!

C'était le mot de passe habituel, et j'y répondis de la façon habituelle.

– C.D.? C.J. à l'appareil!

– J'appelle de la part de D.C., reprit la voix. Van

Veelar. Pauncho [1] pour les intimes. Pat vous donne le bonjour. O.K.?

Il devait penser que le nom de Pat était une preuve supplémentaire qui me convaincrait qu'il était bien l'émissaire de Caliban.

– Rendez-vous au carrefour de Barnard et Gigant Street. Je fumerai un gros cigare. Vous savez à quoi ressemble G. beringei?

Il faisait vraisemblablement référence au gorille beringei, qui habite les montagnes.

– Je vois parfaitement à quoi il ressemble, oui.

– C'est moi tout craché. Le sosie empaillé du vieux beringei. Vous ne pouvez pas me manquer. Cigare et Rolls noire. Toujours aimé mon confort. Grouillez-vous. La ligne est sûrement sur table d'écoute. Ah! j'oubliais! Tous ceux qui ont des plombages sont hors course. Plombages, broches en acier ou plaques métalliques dans le crâne et ailleurs. Pigé? A tout à l'heure.

Il y eut un déclic. Je fis circuler le mot d'ordre, et en cinq minutes nous avions payé la note et nous étions en route. Le brouillard était toujours aussi épais. Le soleil formait un halo pâlichon au-dessus des maisons. D'après la radio, ce brouillard était là depuis deux jours et il ne manifestait aucune envie de disparaître. On n'avait jamais vu ça. La masse des nuages à ras de terre s'étendait sur le pays à plus de quarante miles des côtes.

Ma dernière visite à Salisbury datait de vingt ans, mais ma mémoire est bonne et j'ai le sens de l'orientation. Et puis nous avions un plan détaillé de la ville. Au croisement de Barnard et Gigant Street, la Silver

1. Pauncho : équivalent de « gras du bide ».

Cloud nous attendait, garée en stationnement interdit. J'approchai la voiture par le trottoir, Clara et Murtagh par la rue.

La vitre était baissée. Le col du pardessus de Pauncho était relevé, et son chapeau melon profondément enfoncé. La fumée de son cigare décrivait des spirales dans l'air humide. Je me penchai à la portière pour le regarder. Son profil ressemblait à celui des mâles de la Tribu.

Clara lui adressa quelques mots, et il se tourna vers moi pour m'inviter à monter en voiture. Il alluma le plafonnier. Jamais je n'avais vu de sourcils aussi touffus. Son nez avait l'allure d'un mufle écrasé. Toutes proportions gardées, sa lèvre supérieure était aussi longue que celle d'un orang-outan. Ses mâchoires saillaient, ses dents étaient larges mais espacées et ses yeux, enfoncés sous des arcades sourcilières massives, étaient petits et d'un bleu-gris acier. Malgré son affreuse laideur, il réalisait le prodige d'être sympathique.

– Doc m'a parlé de vous, dit-il. Je sais tout. En tout cas, tout ce que j'ai besoin de savoir. C'est vous le chef. Je suis à vos ordres. Mais on ferait bien d'y aller. Y a pas une minute à perdre. Sortez vos communicateurs de poche et dites aux autres, là-bas derrière, de nous filer le train. On a vite fait de se paumer dans cette purée de pois.

Je lui montrai nos briquets-émetteurs, qui avaient une portée d'un demi-mile. Il les connaissait déjà. C'était une invention de Doc. Sur mon ordre, les quatre voitures de notre escorte s'ébranlèrent pour venir se coller les unes derrière les autres au pare-chocs de la Rolls.

Paucho Van Veelar avait des bras d'une longueur

exceptionnelle, et son pardessus laissait deviner un corps rondouillet comme un baril de bière. Il parlait du coin des lèvres, la bouche crispée autour de son cigare qui tressautait de bas en haut.

– Pas le temps de vous raconter tout ce qui s'est passé en Allemagne. En résumé, on a filé Iwaldi. Le vieux gnome est ici parce que les Neuf y sont aussi. Pigé? Les funérailles de XauXaz. Les Neuf savent qu'Iwaldi est ici et qu'on est pas loin. Sans plus. Ils ont failli nous avoir, mais faudra qu'ils se lèvent de bonne heure pour y arriver. Voudriez pas zieuter les panneaux? Faut qu'on prenne la A-360 à la sortie de la ville. Je suis venu la repérer hier, mais avec cette mélasse... Hé! Ça va pas non? Peux pas faire attention, espèce d'andouille?

Une masse sombre nous frôla dans un rugissement de klaxon.

– Écoutez voir, reprenait déjà Pauncho. J'ai entendu une espèce de cinglé hier, à la radio. Soi-disant qu'il y a des sorcières qui sont réunies à Stonehenge pour faire la fête, et qu'elles nous envoient cette nappe de brouillard en guise de cadeau. A mon avis, il est pas loin de mettre en plein dans le mille, ce type. D'après Doc, la vieille Anana détient ses pouvoirs d'un magicien de l'âge de pierre. Bah! on verra bien. Revenons plutôt à nos moutons. Voilà le topo. Doc, Pat – un sacré brin de fille – et Barney, mon copain dumb-dumb, sont déjà sur place. Ils nous attendent au croisement de la A-360 et de la A-303. S'ils sont déjà partis quand on arrive, on continue droit sur Stonehenge. La cérémonie est pour aujourd'hui. Quand? On sait pas. Mais vu le temps, les Neuf risquent pas d'être dérangés par les touristes. Et puis ils ont tiré les ficelles en haut lieu. Les flics veillent au grain. D'après Doc, on leur a dit de se tenir peinards, le temps que les services secrets règlent leur compte à des agents ennemis. Les gros bonnets de Downing Street sont au service des Neuf, alors ils ont pas dû avoir trop de mal à les convaincre.

Ainsi donc tout le monde allait se retrouver ici. Les Neuf, Iwaldi, Doc et moi. Et, une fois de plus, c'est nous qui avions le désavantage du nombre. Mais ce qui compte, c'est la rapidité de l'intervention, et la rapidité avec laquelle on fiche le camp, évidemment. Si on arrivait à descendre un seul des Neuf, on serait contents.

Pauncho nous ordonna d'ouvrir les coffrets rangés sur le plancher de la Silver Cloud. Ils contenaient des cottes de maille, des garde-reins et des casques. Le tout en plastique.

– Enfilez-les tout de suite. Là-bas, vous n'aurez pas le temps de vous changer. Pendant que j'y suis, autant vous mettre au parfum. Ces armures sont très résistantes mais un costaud – un type dans mon genre, par exemple – en fait une seule bouchée.

Se déshabiller dans un espace aussi réduit n'était pas à la portée de tout le monde. Nous fîmes de notre mieux, la comtesse, Murtagh et moi.

– Vous avez été plutôt avare de détails tout à l'heure, au téléphone, fis-je remarquer. Ça vous ennuierait de nous éclairer un peu? Pourquoi exclure ceux qui ont les dents plombées? Je commence à avoir ma petite idée, mais j'aimerais bien ne pas continuer à nager dans le brouillard. Celui qu'il y a dehors me suffit amplement.

– Désolé, grogna Pauncho. Chaque chose en son temps, pas vrai? Je vais vous expliquer. Doc a inventé un truc, un générateur de champ d'induction, qu'il appelle ça. Ça bouffe beaucoup d'énergie, mais ça en balance aussi pas mal. Son rayon d'action est d'un demi-mile. Alors quand ça marche, sur un demi-mile tout ce qui est en métal se met à fondre. Faut voir ça. Plombages, bagues, montres, couteaux, tout ce que vous voudrez. Fils du téléphone et lignes à haute tension, même les buildings, qui ont du mal à rester debout. Quant à l'essence des réservoirs, avec la chaleur, elle explose au contact des carrosseries. Évidemment, Doc a inventé des armes qui tiennent le choc. J'en ai plein le coffre. Des massues, des battes de baseball et des couteaux en plastique. Ils valent peut-être pas grand-chose pour découper une côtelette, mais ils sont parfaits pour poignarder n'importe quel type. On en demande pas plus. Il y a aussi des arbalètes en fibres de verre, avec des cordes en boyau, et des flèches de bois avec des pointes en plastique. Et puis, j'oubliais les grenades! En plastique, évidemment. Et comme la poudre, le T.N.T., la dynamite, tous les explosifs conventionnels sont trop instables, Doc a trouvé un gaz spécial. Ça lui a donné un sacré boulot, vous pouvez me croire.

– Un retour aux temps préhistoriques, si je comprends bien. Ce n'est pas pour me déplaire.

Ça m'amusait même plutôt de constater que les Neuf se battaient dans les forêts sauvages de la lointaine Afrique avec une armada d'hélicoptères, des bombes au napalm, des fusils automatiques, des radars et toute l'artillerie sophistiquée d'une armée modèle, alors qu'ici, dans une des nations du monde les plus avancées technologiquement, nous allions nous armer d'arbalètes antiques, en attendant le moment où, carreaux et masses d'arme ne nous étant d'aucune utilité dans cette purée de pois, nous en viendrions obligatoirement à nous empoigner pour nous écharper à coups d'ongles et à coups de poings.

– Avec l'engin de Doc, pas question d'utiliser des radars ou des détecteurs, continuait Pauncho. Les Neuf disposent des mêmes armes que nous, évidemment. Et Iwaldi aussi. Remarquez, je sais pas s'il va vraiment se montrer. Faut être cinglé pour prendre un risque pareil. Mais comme il est complètement cinglé justement, on est sûr de rien. Les Neuf ont recruté une véritable armée de gangsters, et ils vont les lancer de partout pour resserrer le filet autour d'Iwaldi – et de nous par la même occasion. Mais pour ça, faudrait déjà qu'ils gagnent la première manche.

« Ah! Pendant que j'y pense, on fait le dernier mile à pinces. Pas question d'amener les caisses à proximité. D'après Doc, les Neuf ont assez de voitures spéciales pour eux tous. Moteur à vapeur et carrosserie plastique. Encore une invention de Doc, en vue d'un jour comme aujourd'hui. Vous voyez ça d'ici! Pendant qu'on se trimbale à pinces, les vieux schnocks roulent en Cadillac à vapeur! Décidément y a pas de justice!

Une fois sur la A-360, Pauncho accéléra pour bloquer l'aiguille à 120. Ce qui ne l'empêcha pas de continuer à parler sans discontinuer. Grâce à ce bavardage qui, en temps ordinaire, m'aurait mis les nerfs à vif, j'appris tout ce que je voulais savoir sans poser une seule question.

Pauncho était le fils de « Jocko » Simmons, et son copain dumb-dumb, Barney Banks, était le fils de « Porky » Rivers. Jocko et Porky, c'étaient ces deux vieillards qui avaient assisté Doc jusqu'à leur dernière aventure, à l'âge de quatre-vingts ans. Leur portrait et leur mort héroïque figurent dans le tome IX de mes Mémoires. C'étaient les derniers survivants de la

Bande des Cinq, qui avaient consacré leur vie à Caliban pour lui prêter main-forte dans son combat contre les forces du Mal. (Peu importe si, parallèlement, Doc travaillait aussi pour les Neuf en remerciement de l'immortalité qu'ils lui avaient donnée. Il a toujours conservé sa liberté d'action et mené sa croisade personnelle sans se soucier de personne. La seule condition, naturellement, était qu'il n'interfère pas dans les affaires des Neuf. Mais ce n'est pas moi qui porterai un jugement car j'ai succombé aussi à la tentation de l'élixir de jouvence.)

Pauncho et Barney étaient nés en 1932, peu après le divorce de leurs parents. Jocko et Porky passaient trop de temps avec leur chef au gré de ces dames, qui avaient fini par claquer la porte quand elles en avaient eu assez.

– Je me rappelle encore les visites de mon vieux, me dit Pauncho. Ma mère s'était remariée deux ans après son divorce, et son nouveau mari m'avait adopté. C'était un chic type, mais ça n'arrangeait rien. Chaque fois que le vieux singe faisait son apparition à la maison, c'était la même chose. Je savais plus où j'en étais. D'un côté je l'aimais bien, mon père, mais en même temps j'arrivais pas à digérer qu'il m'ait laissé tomber. Plus tard, j'ai compris. Il préférait l'aventure à ses pantoufles, et c'est pas moi qui vais lui donner tort. Mais c'est à ce moment-là que j'ai pris en grippe tout ce qui avait un rapport avec lui. A commencer par la chimie, puisque mon père était un des plus grands chimistes du monde.

Pauncho se rappelait aussi les visites de son « oncle Doc » et les incursions qu'il faisait dans le merveilleux laboratoire de son aire, quelque part en haut de l'Empire State Building.

Barney habitait à trois maisons de Pauncho, et ils avaient été élevés pratiquement ensemble. Après, ils avaient appartenu au même régiment de marines pendant la guerre de Corée. Et ils étaient aussi ensemble le jour où ils étaient allés trouver Doc, après la mort de leurs pères. L'un comme l'autre, ils semblaient avoir hérité d'un goût bien ancré pour la bagarre et l'aventure. Quand ils découvrirent que les recherches de Doc étaient sur le point d'aboutir et qu'il serait bientôt en mesure de fabriquer lui-même l'élixir des Neuf, ils acceptèrent sans hésiter d'entrer à son service.

A la vitesse où on roulait, on aurait dû atteindre l'intersection des deux nationales en moins de dix minutes. Mais le carambolage de trois voitures, qui s'étaient télescopées dans le brouillard, nous obligea à nous arrêter. Quand il se remit en route Pauncho se contenta d'un très raisonnable 60 kilomètres à l'heure. Puis, jetant un regard au compteur, il ralentit pour se traîner jusqu'au croisement, qui surgit brusquement de la brume juste sous nos yeux. Pauncho tourna à droite, roula encore quelques mètres et se rangea sur le bas-côté. Les autres voitures l'imitèrent. Deux des chauffeurs sautèrent à terre en pestant contre ce « maudit chauffard de Yankee ».

On n'y voyait pas à un mètre, mais je savais que la campagne environnante était aussi plate que la plaine d'Illinois. La A-303 pointait vers le nord-ouest comme un canon de fusil sur près d'un mile, avant de croiser une route non goudronnée.

De là, pour aller à Stonehenge, il faut prendre à gauche sur environ deux cents mètres et passer devant le site, qui se dresse dans un champ clôturé de barbelés. Si on tourne à gauche au croisement de la

A-344 et de la route non goudronnée, on arrive presque tout de suite à l'entrée principale du « vénérable et remarquable ouvrage de la plaine de Salisbury, communément attribué à Merlin le Prophète », pour reprendre les mots de John Wood, architecte de Bath en 1747.

Pauncho descendit de voiture et enleva son pardessus. Je me tenais à trente centimètres de lui, ce qui me permit de comprendre, malgré la mauvaise visibilité, d'où il tenait son surnom. Son ventre pointait en avant comme celui d'un gorille qui vient d'ingurgiter une platée de pousses de bambou. Mais loin d'être flasque, cette panse rebondie avait la rigidité d'un poitrail d'orang-outan. Si ses bras étaient démesurément longs, ses jambes étaient très courtes. Il n'en mesurait pas moins un mètre quatre-vingts – alors que son père ne dépassait pas le mètre cinquante – et il devait peser dans les cent soixante kilos.

Il ouvrit le coffre et nous distribua les armes. Je pris une batte de baseball, une dague de plastique de sept pouces de long et un carquois que je fixai à ma taille à côté du poignard. L'arbalète était de petite taille mais il fallait une forte poigne pour tendre la corde au maximum et la glisser dans le cran de sûreté. Pour tirer, il suffisait d'appuyer sur la détente, placée sous une crosse semblable à celle d'un pistolet.

– Avec ça, à un mètre, on transperce une armure comme les nôtres, nous apprit Pauncho. La pointe de plastique va pas loin. Un ou deux centimètres. Ça suffit à liquider le bonhomme. Si la flèche ne rencontre pas d'obstacle, elle vous traverse de part en part.

Les grenades ressemblaient à des balles de tennis. Sur le dessus, la goupille sortait d'un bon centimètre.

– Tournez à fond à gauche, arrachez, lancez et filez, reprit Pauncho. Faut pas traîner. Ça saute au bout de deux secondes, et ça vaut cent grammes de T.N.T. L'important, c'est l'endroit où ça tombe.

Deux pas derrière Pauncho, je sautai les barbelés tiédis par l'effet du champ d'induction. Quand la forme arrondie du tumulus où nous avions rendez-vous avec Doc se dessina devant nous, Pauncho s'arrêta pour appeler à voix basse :

– Doc? Hé, Doc! C'est moi!

Pas de réponse. Nos hommes se déployèrent autour du tumulus pour lancer le même appel. J'escaladai le tertre et je le longeai sur toute sa longueur. Personne. Les yeux au ras des brins d'herbe, je relevai des traces de bottes.

Tout le monde fit demi-tour vers les voitures. Pauncho jurait entre ses dents en soufflant sur ses énormes battoirs.

– Fait frisquet! Je suis gelé jusqu'à la moelle. Hé, comtesse! Connaissez le mode d'emploi pour réchauffer un pauvre diable?

Clara éclata de rire.

– Essaie de m'attraper, gentil pithécanthrope. Le temps que tu y arrives, tu seras en nage! Mais pour le moment tu ferais mieux de ménager tes forces.

– D'accord, grommela-t-il. On reparlera de tout ça devant un bon Martini.

– Je t'attends après la bagarre.

– Quand ce soi-disant tombeur de Barney va savoir ça! gloussa Pauncho.

Quand il riait, on croyait entendre un sac de noix dévaler une pente. J'élevai la voix :

– Silence!

Des cris nous parvenaient à travers la grisaille. Des

craquements étouffés aussi. Le choc d'une batte sur une autre, sur une armure, ou sur un crâne? Allez savoir.

Nous allions nous remettre en route quand les craquements reprirent, suivis de près par un hurlement, coupé net, comme tranché d'un coup de poignard. Trois secondes plus tard, une grenade explosait. Puis, plus rien ne vint troubler le silence ouaté du brouillard.

Il y avait peut-être beaucoup de combattants à Shonehenge, mais pour l'instant personne n'était en mesure de livrer une bataille rangée. D'après ce qu'on entendait, on aurait dit qu'une armée d'ombres tâtonnaient dans la purée de pois sans arriver à savoir si elles marchaient sur des pieds amis, ou ennemis.

Je fis circuler mes ordres.

– On passe par la route et on remonte jusqu'à la hauteur du premier des tumuli.

– Qu'est-ce que c'est que ça, un tumuli? marmonna une voix.

– Un tumulus est un tertre artificiel, qui servait de sépulture aux anciens, expliquai-je. Les environs en regorgent. On va d'abord partir en reconnaissance. Soyez discrets. Iwaldi et les Neuf ont sûrement posté des sentinelles. Surtout, restez groupés. Pas question de se perdre dans cette mélasse. Je sais bien qu'on passerait plus facilement inaperçus en partant chacun de notre côté, mais on n'a pas le choix. N'oubliez pas : les hommes de Doc sont nos alliés. Ne leur tirez pas dessus. Si vous les reconnaissez, lancez le mot de passe : *Pongo*.

– Les reconnaître? On y voit pas à cinquante centimètres!

– Faites de votre mieux. Vous pouvez descendre tout le monde, sauf Caliban et ses assistants.

Je ne croyais pas vraiment que les soldats de Murtagh pourraient se retenir de tirer avant d'être sûrs à cent pour cent de l'identité de leurs adversaires. Cette bande de durs à cuire ne comptait pas un seul homme qui ne fût préoccupé de sa petite personne. Ils n'attendraient certainement pas d'avoir été assommés pour riposter. Mais grâce aux descriptions que je leur avais faites de Doc, de Banks et de Pat, ils savaient à peu près à quoi ressemblaient leurs alliés. Il ne fallait pas trop leur en demander.

J'ouvris la marche, la crosse de l'arbalète dans la main droite, ma batte dans l'autre.

Plus aucun bruit ne se faisait entendre depuis que nous suivions la route. Nous venions d'atteindre le premier des tumuli quand trois explosions crevèrent le plafond cotonneux qui nous cernait sur plusieurs miles. Toute la troupe plongea comme un seul homme sur le sol détrempé. Rien pourtant n'indiquait que ces grenades nous soient destinées.

Je me redressai et, plié en deux, je courus jusqu'au fossé qui entourait le mur extérieur du tertre. Les pieds joints, je sautai, pour atterrir sur le dos d'un homme accroupi sur ses talons. Il grogna. Je grognai, et je lui brisai la mâchoire d'un revers de ma batte.

– Bon dieu! Qu'est-ce qui se passe? demanda une voix dans l'ombre. Ça va, Meeters?

Ma victime devait porter un autre nom. Le Meeters en question répondit par l'affirmative, à trois mètres sur ma gauche.

Au même instant, Clara et Pauncho émergèrent de la brume, et je me redressai d'un bond en hurlant comme un possédé. D'une main je maniais la batte, de l'autre je maintenais mon arbalète en position de tir. J'attendis d'avoir deux adversaires à ma portée en même temps, pour tester l'efficacité des flèches Caliban. J'appuyai sur la détente. Le premier combattant s'écroula, une pointe lancée au fond de sa bouche grande ouverte; le second le rejoignit aussitôt, assommé d'un coup, qui brisa ma batte, sa batte, son casque et le haut de son crâne.

De mon côté, la voie était dégagée. Mais j'entendais d'autres soldats qui se bousculaient dans le fossé. Au lieu de charger dans le boyau ou de nous tomber dessus par le sommet du tumulus, ils choisirent de prendre le large. Tapis dans le brouillard, quelques-uns s'agenouillèrent pour nous arroser d'une pluie de flèches. Elles s'enterrèrent dans la boue et le tertre se hérissa d'une forêt de hampes, tandis que, battant en retraite comme si nous nous sentions réellement menacés, nous nous entassions dans le fossé en nous écrasant mutuellement les orteils.

Je comptai nos morts et nos blessés – au nombre de deux en tout et pour tout. Murtagh et Pauncho se chargèrent de constater les pertes infligées à l'ennemi. Ils répertorièrent dix cadavres, mais rien ne permettait de savoir s'ils appartenaient aux Neuf ou à Iwaldi. Ils portaient tous des vêtements civils, barrés d'une grande banderole jaune vif en travers de la poitrine, des sous-vêtements Caliban – constitués d'une tunique et de garde-reins en plastique – et des casques exactement semblables aux nôtres enchâssaient leur tête dans une armure de mailles.

Gbampwe, un Noir d'Afrique centrale qui se vantait d'être un champion de lanceur de javelot, m'aida à disperser quelques grenades.

Elles trouèrent le manteau d'ouate blanchâtre de rugissements écarlates. Impossible de deviner si nous avions atteint une cible quelconque. La seule riposte fut une nouvelle envolée de flèches, qui vinrent se planter dans la terre meuble au sommet du tertre.

Un appel retentit au loin. La distance et l'atmosphère cotonneuse distordaient trop les sons pour qu'on l'entende distinctement. Par précaution je me mis à rugir : « Pongo! Pongo! Pongo! »

– Pongo, mon...! beugla une voix.

Le dernier mot fut étouffé dans un tohu-bohu, où cris et hurlements se mêlaient aux chocs sourds des battes et des bottes sur le terrain détrempé.

– Les fermiers du coin doivent être pendus au téléphone, grommela Pauncho. Je suis prêt à parier que les déflagrations s'entendent depuis l'autre côté d'Amesbury. C'est pas loin. Deux miles environ.

C'est vrai que les flics locaux ont dû avoir du fil à retordre pour expliquer les explosions et les chutes de tension. Ils ont dû se demander ce que fabriquaient les services secrets britanniques du côté de Stonehenge. Mais, bien entendu, la loi du silence jouait en faveur des Neuf. Motus et bouche cousue, le mot d'ordre avait dû circuler aussi dans les camps militaires de la région.

Ma grenade suivante explosa à égale distance du point d'impact des deux autres. Une herse de flèches s'abattit autour de nous, sans faire de blessés. Il n'était pas impossible que j'aie tué les soldats qui avaient fui le fossé, pas impossible non plus que je n'aie rien touché du tout et qu'ils se tiennent aux aguets, dans le vague espoir de nous sauter dessus.

De la droite, nous parvenait à nouveau le choc sourd des battes. Sur mon ordre, tout le monde déserta le tumulus. Je pensais suivre une trajectoire parallèle à la route pour atteindre la pierre dite « sacrificielle », à l'extérieur du cercle des trilithes. Nous venions de nous mettre en route quand, brusquement, le silence se referma sur nous.

On n'entendait plus à des miles à la ronde que nos pas sur l'herbe glacée et le léger bruit de succion de nos bottes s'arrachant de la boue. Nous marchions sur trois rangs. J'allais en tête, Clara, Pauncho et Murtagh sur les talons, à la limite de mon champ de vision. La densité du brouillard était telle qu'il m'aurait suffi de faire une enjambée un peu plus longue que les autres pour me retrouver complètement coupé du reste du monde.

A mi-chemin de la pierre sacrificielle, selon mon estimation, je levai la main. Derrière moi, Clara, Pauncho et Murtagh en firent autant, et toute la troupe s'immobilisa. Le silence ressemblait à celui d'un tombeau.

La seule chose que j'arrivais à percevoir, c'est la tension nerveuse d'une bonne quantité d'hommes.

Tout autour, des soldats se déplaçaient silencieusement, les yeux écarquillés dans la pénombre blanchâtre, marchant sur la pointe des pieds et tendant leurs deux oreilles pour tenter de saisir un indice quelconque.

Mon ouïe et mon odorat sont beaucoup plus développés que chez la plupart des hommes, comme je l'ai expliqué dans le tome II de mes Mémoires, mais il n'y avait pas un souffle de vent et les nuées en suspens absorbaient les odeurs et les sons. Je me représentais mentalement ces hommes dispersés qui, s'ils avaient pu nous repérer, nous auraient assommés à coups de battes, et écrasés par leur seule supériorité numérique.

Je fis signe aux miens de se remettre en route. Mais au même instant, saisissant un sifflement étouffé que j'interprétai immédiatement pour ce qu'il était, comme le prouva la suite, je pivotai pour ordonner à tout le monde de se jeter à terre.

Je n'avais pas plus tôt embrassé le sol fangeux qu'un éclair zébra le silence ouaté. Une fusée éclairante, dépourvue de tout composant métallique, je suppose.

On ne peut pas dire que la nuit fit place au jour, mais la clarté nous révéla les silhouettes amassées au sortir de la cuvette qui entoure la pierre sacrificielle. Elle trahit aussi la présence d'un autre groupe, rassemblé autour de l'immense bloc penché, dit « Pierre du Talon » sans qu'on sache d'où il tient ce nom, qui dressait ses quatre mètres quatre-vingts en bordure de la route.

J'aperçus encore une dizaine d'hommes postés en avant-garde. Aucun d'eux ne fit le signal de reconnaissance dont nous étions convenus si la visibilité redevenait normale.

Maintenant, tout le monde nous avait repérés, et nous avions repéré tout le monde.

De notre côté, partirent deux volées de traits destinées à chacun des deux régiments, qui nous bombardaient de flèches et se tiraient aussi mutuellement dessus.

Suivit un branle-bas de combat général. Au cœur de l'étau de brouillard qui se resserrait sur Stonehenge, les grenades ouvrirent un feu d'artifice meurtrier. Devant, derrière, à droite, de toutes parts, les hommes hurlaient.

Puis le silence retomba, troublé par le râle des blessés. Les rescapés les firent taire d'une main appliquée sur la bouche, en attendant de leur administrer de la morphine. Je suppose que tous les survivants se livraient à la même activité car bientôt on n'entendit plus un seul gémissement.

Le silence à nouveau, comme au fond d'un tombeau.

A tout hasard, je catapultai deux grenades qui explosèrent coup sur coup. Des cris retentirent, puis des grognements plaintifs. Ils précédaient de peu les déflagrations d'une riposte erratique.

Nos blessés avaient cessé de gémir. Je me relevai et j'ordonnai à mes hommes de se replier avec moi sur la gauche pour échapper aux grenades ennemies.

C'était une erreur.

Une silhouette jaillit à un mètre de moi. Dans le silence, une corde d'arbalète vibra, puis d'autres reprirent en chœur. Six de mes hommes s'écroulèrent. Je m'effondrai dans la boue, sans être blessé, et je tirai à bout portant. Le temps que je recharge mon arme, plus aucun son ne s'élevait du tapis de nuages.

Je me risquai à ramper dans la direction de nos adversaires, et je trouvai trois morts et un blessé inconscient. Il portait une banderole jaune vif éclaboussée de sang en travers de la poitrine. Je mis fin à ses souffrances d'un coup de dague en plastique.

Notre algarade déclencha une nouvelle attaque en provenance des ruines. Des flèches sifflèrent au-dessus de nos têtes. Un des nôtres tomba, une pointe fichée dans le cou.

Je continuai à ramper. Bientôt, je rencontrai le premier d'une multitude de cadavres, éparpillés sur un très petit périmètre. J'en comptai une bonne trentaine.

– Écoute, dis-je à Pauncho, je ne sais pas ce qui se passe, mais aucun des Neuf ne prendra les risques que nous sommes en train de courir. Ils attachent beaucoup trop d'importance à leurs vieilles carcasses. Pourtant, ils doivent être là. Ils ont trop envie de capturer le vieux gnome. Tu crois qu'ils ont déjà exterminé les hommes d'Iwaldi et qu'ils ont pris la fuite, ou qu'ils se terrent dans leurs voitures?

Ils avaient beau être prudents, ils n'étaient pas lâches. Et puis, c'étaient des perfectionnistes. Ils ne partiraient pas avant d'être sûrs de la mort d'Iwaldi. Et s'ils savaient que Doc et moi errions dans la grisaille, ils n'ordonneraient pas le repli avant qu'on leur ait apporté nos têtes au bout d'une dague.

– Je vais rejoindre la route, annonçai-je. Attendez-moi devant les barbelés. Si dans vingt minutes je ne suis pas revenu, à vous de décider.

– Je me demande où est Doc, marmonna Pauncho. Bon sang! Ça grouille de monde par ici!

Comme pour le prouver, trois explosions émiettèrent le brouillard sur notre gauche. Puis des flèches zébrèrent l'opacité des nuées. La volée suivante s'abattit beaucoup plus loin, comme tirée à l'aveuglette.

Clara se coula à mes côtés.

– Je vais avec toi, James! On fait une bonne équipe tous les deux.

– D'accord. En route.

Pauncho me retint par la manche.

– Doc m'a dit de rester à vos ordres aussi longtemps que vous aviez besoin de moi, et de profiter de la première occasion pour le rejoindre. Alors, comme qui dirait qu'on va pas tarder à se quitter. J'aimerais pas que dumb-dumb se retrouve avec une patte dans le plâtre. Si je lui dis pas où mettre les pieds, il est bien capable de se casser la figure, dans cette mélasse. Et puis Doc a beau avoir la vie dure, allez savoir ce qui se passe là-dedans.

Sa loyauté et son sens de la camaraderie me plaisaient. D'ailleurs, il avait accompli sa mission : nous conduire au cœur de la bagarre.

– Va où t'appelle ton devoir, ami.

– C'est pas que je m'ennuie avec vous, reprit-il, mais j'ai l'impression que Doc refuserait pas un petit coup de main. A la revoyure, les gars. Et bonne chance!

Sa silhouette se fondit à ras du sol dans la brume, qui ne tarda pas à l'engloutir.

Je conduisis ma troupe jusqu'à la route, au pied de la Pierre du Talon. Elle s'inclinait vers le sud comme une antique dalle funéraire soulevée par ses morts qui, surgis de terre, gisaient maintenant tout autour. Je comptai une dizaine de cadavres. La moitié au moins avaient succombé à une explosion. Pas impossible que ce soit une de nos grenades qui ait accompli ce joli travail. Tous les corps portaient des banderoles jaunes en travers de la poitrine.

– J'aimerais mieux qu'on reste ensemble, me confia Murtagh. On va finir par se tirer dessus dans ce maudit brouillard.

L'espace de quelques secondes, le champ de bataille resta absolument silencieux, puis plusieurs déflagrations illuminèrent le plafond des nuages, sur la droite.

– Restez ici avec vos hommes, dis-je à Murtagh. Je vais jeter un coup d'œil sur la route avec Clara. S'il y a du grabuge, ne bougez pas. J'annoncerai mon retour par le mot de passe. Pauncho sait où vous êtes. S'il retrouve Doc, il vous l'amènera.

J'entraînai la comtesse, qui se faufila derrière moi dans la grisaille. Nous rampions déjà dans la boue du bas-côté de la route, quand j'entendis un chuintement de pneus au croisement. Le ronronnement silencieux d'un moteur me fit deviner que c'était une des voitures à vapeur des Neuf. Je n'eus pas le temps de vérifier l'importance du convoi. Soudain, des grenades écartelèrent le brouillard, juste sous notre nez.

Une fois encore, la prudence stratégique des Neuf manqua son but. Il s'en était fallu d'un rien que leurs projectiles nous réduisent en charpie, mais ils nous avaient ratés.

La riposte de Murtagh ne se fit pas attendre. Tout d'un coup, dans l'éclatement pourpre des grenades, des silhouettes surgirent de l'obscurité. Le chuintement des pneus sur le chemin raviné se rapprochait, quand je reçus un coup, qui me frappa en pleine poitrine. A mes pieds, je distinguai vaguement la forme d'une balle de tennis. Je la ramassai, pour la catapulter aussi loin que possible. Elle explosa quelque part à mi-course au-dessus de ma tête, et la lumière grisâtre se mua en ténèbres.

***

Quand je revins à moi, je gisais dans la boue glaciale. Mes oreilles tintaient comme des sonnailles et j'avais l'impression d'avoir une énorme citrouille à la place de la tête.

J'effleurai mes cheveux bizarrement gluants, et je portai mes doigts à ma bouche. Du sang. Il sourdait d'une entaille en travers de mon crâne, où un troupeau de chevaux sauvages semblaient galoper et ruer comme des démons.

Naturellement, à part le martèlement des sabots, je n'entendais strictement rien. Mais je soupçonnais qu'un vacarme de cris et de gémissements devait s'élever autour de moi. Deux cadavres dormaient à mes côtés. Je me redressai sur les genoux, pour partir à quatre pattes à la recherche d'une arme. Je rencontrai encore trois corps, parfaitement inertes. Je récupérai une arbalète et un carquois et, me hissant sur mes jambes, je titubai en travers du chemin, trébuchai sur une autre victime, et m'affalai de tout mon long dans un trou.

Il me fallut un certain temps pour m'extirper du fossé. Après quoi, je m'arrêtai, stoppé net par une masse noire et imposante qui me barrait le passage.

Je m'accrochai à la chose pour me remettre debout. Peu à peu, je retrouvais ma lucidité. Assez en tout cas, pour finir par comprendre que ça devait être une des voitures en plastique du convoi.

Elle était couchée sur le flanc, ses portières grandes ouvertes sur le ciel. Je jetai un regard à l'intérieur. Un corps ratatiné se tassait au bout de la banquette arrière. Par le pare-brise j'aperçus quelques éclairs, comme un ballet de lucioles. Des grenades, évidemment. La bataille faisait rage, mais ma surdité était telle que j'avais l'impression d'un film muet.

Je me coulai à tâtons dans l'herbe du fossé, et je tombai sur un homme en livrée, affalé face contre terre. Le chauffeur des Neuf avait eu le crâne défoncé d'un coup de batte, et la gorge tranchée par une dague dont le manche pointait encore sous son menton.

L'idée de me faire piéger à l'intérieur de la voiture ne me souriait guère, mais si je voulais connaître l'identité du passager ratatiné à l'arrière, je n'avais pas le choix.

J'escaladai la carrosserie et me faufilai sur la banquette avec nettement moins d'agilité que de coutume. Décidément, l'explosion m'avait sérieusement handicapé. Penché sur le corps tassé dans le coin, je craquai une allumette à la hauteur du visage.

C'était le vieux Jiizfan, l'un des Mongoloïdes à la peau parcheminée qui siégeaient à la table de chêne. Ses yeux, qui s'étaient ouverts sur le monde à l'époque où une langue de terre reliait encore l'Angleterre au continent, étaient couverts d'un voile brumeux. Il ne portait aucune trace de blessure, à part une petite tache noire sur le front.

J'appliquai mon oreille contre sa poitrine sans arriver à entendre quoi que ce soit. Mais, en posant mon pouce sur le poignet osseux qui dépassait de sa manche, je sentis un très faible battement.

Je me redressai pour sonder l'abîme de ses yeux aveugles. Sa main eut un léger frémissement. Je m'en emparai, pour la broyer très lentement entre mes doigts. Ses os émirent un craquement de bois mort, et Jiizfan poussa un cri. Plainte déchirante et pitoyable qui, pourtant, n'éveilla en moi aucune pitié.

Au cours des millénaires, ce monstre sanguinaire avait jonché son existence de milliers et de milliers de cadavres. Dieu seul sait combien de ses semblables avaient succombé à ses tortures. Il m'aurait d'ailleurs réservé un traitement royal si ç'avait été encore en son pouvoir.

Ramassant une torche électrique sur la banquette avant, je la braquai sur mon visage pour qu'il sache bien qui allait lui donner le coup de grâce. Puis je dirigeai le faisceau lumineux droit sur lui. Les yeux écarquillés, il bascula en arrière, la bouche ouverte sur un hurlement muet.

Avant même que je puisse lui tordre le cou, il s'affaissa contre le dossier du siège. Je tâtai son pouls. Rien. Jiizfan n'avait pas résisté à mon apparition ; son cœur avait flanché.

Toutefois, un homme de son expérience, qui avait

vécu si longtemps en Orient, était sans doute capable d'arrêter les battements de son cœur à volonté. Par mesure de précaution, je ressortis de la voiture avec sa tête, qui se balançait dans ma main au bout d'une longue crinière blanche. Je ne savais pas trop ce que j'allais en faire. La balancer au milieu de ses troupes, j'imagine – si je les trouvais. Mais je posai la tête de Jiizfan près de la roue avant, le temps de reconnaître les environs, et je n'eus plus l'occasion de la récupérer.

L'état des cadavres éparpillés autour de la voiture et les ornières creusées par le dérapage me permirent de reconstituer l'accident.

A l'instant où les troupes des Neuf chargeaient – pour nous attaquer ou pour échapper à leurs poursuivants –, la voiture de tête, lancée à près de quatre-vingts kilomètres à l'heure, leur avait rentré dedans. Certains soldats avaient été propulsés à plusieurs dizaines de mètres, mais les autres avaient été écrasés, et la voiture avait versé. Dérapant sur les cadavres, la suivante avait percuté l'arrière du véhicule de tête, avant de reculer jusqu'au croisement.

A part Jiizfan, les passagers étaient parvenus à se tirer d'affaire avec l'aide du chauffeur. (Je me rappelais maintenant l'avoir vu une fois ou deux aux cérémonies rituelles.) Il avait été abattu, au cours de la mêlée générale vraisemblablement, mais les autres membres des Neuf avaient pris le large. Quant à savoir s'ils avaient filé à bord des deux autres véhicules, ou s'ils rôdaient encore à pied dans le brouillard, je ne pouvais pas le découvrir – à moins de me lancer à leurs trousses.

J'ignorais combien de temps j'étais resté inconscient. J'ignorais aussi où étaient passés Doc et Clara. Ils auraient pu se trouver à deux mètres, en train de hurler le mot de passe que je n'aurais rien entendu, malheureusement.

Mes pérégrinations me permirent de retrouver dans les environs immédiats les cadavres de toute notre troupe, à l'exception de la comtesse, de Murtagh, et du lanceur de javelot. Je fis provision de flèches et je chargeai mon arbalète, avant de m'enfoncer à l'aveuglette dans le brouillard, une dague dans la main droite et deux grenades attachées à mon ceinturon.

De blanchâtre, le brouillard virait au gris-noir, et un nouveau front de nuages menaçaient de s'amonceler à ras de terre, rendant l'obscurité à peu près complète. J'avais toujours l'impression que ma tête allait éclater, et mes oreilles sifflaient et sonnaient mieux que jamais.

La visibilité devint un peu meilleure au moment où j'atteignis le croisement. Je bifurquai pour gagner l'entrée principale de Stonehenge, en coupant à travers les nuées qui pâlissaient lentement.

Une à une, des masses grisâtres émergeaient de l'ombre, rigides et muettes, couchées de part et d'autre du chemin crayeux. De l'entrée au mur extérieur des ruines, je rencontrai trente-trois cadavres. Je ne m'arrêtai pas pour les examiner, mais la plupart avaient le crâne défoncé, l'échine brisée, ou la mâchoire en miettes. Ceux qui ne portaient aucune trace de violence avaient la tête enflée et les yeux exorbités. Le sang qui leur était sorti par le nez, les yeux et les oreilles au moment où les grenades les faisaient sauter, recouvrait l'herbe de flaques noirâtres.

Je restai un long moment immobile pour essayer d'entendre quelque chose. Je flairai le vent aussi, mais je n'arrivais pas à sentir autre chose que l'atmosphère saturée d'humidité. Lentement, j'obliquai sur la gauche, jusqu'à ce que deux silhouettes trapues surgissent de l'obscurité. C'étaient des piliers brisés et, si mes souvenirs étaient bons, c'est au-delà du dernier que commençait l'alignement des monolithes de « l'ouvrage gigantesque ». Ma mémoire ne m'avait pas trahi. Au bout de quelques pas, je vis les blocs tronqués se dresser devant moi comme les mâts d'un vaisseau de pierre ancré dans la brume.

Mes pieds butèrent sur trois nouveaux cadavres. Immobile, les sens en alerte pour tenter de détecter la présence d'êtres vivants, je décidai d'obliquer sur la droite, à l'intérieur du cercle des trilithes. C'était l endroit idéal pour célébrer la cérémonie mortuaire, et si les Neuf avaient été interrompus pendant les funérailles j'aurais peut-être la chance de trouver le corps de XauXaz encore sur place.

Deux minutes plus tard, je découvrais effectivement un corps dans la grisaille. Seulement, il bougeait, avançant prudemment un pied après l'autre, en se penchant en avant pour percer l'obscurité. Je ne tardai pas à distinguer un visage, et une arbalète pointée droit sur moi.

Nous nous rapprochions à pas de velours. La corde de l'arbalète vibrait déjà mais, heureusement, Clara me reconnut à temps.

Elle allait me rejoindre quand une masse noire se détacha des nuages. On l'aurait dit tombée du ciel, mais je crois plutôt que notre adversaire nous guettait, juché au sommet d'un monolithe, à quatre mètres au-dessus du sol. Il atterrit de tout son poids à un mètre de nous, boula sur le côté, avalé par les ténèbres, puis il surgit à nouveau, pour bondir sur Clara.

Elle esquiva l'attaque, disparut de ma vue l'espace

d'un instant, et revint vers moi à reculons, tandis qu'elle déchargeait son arme à bout portant sur la silhouette monstrueuse du géant noir et poilu qui fonçait sur elle, à la limite de mon champ de vision.

Le temps que je me rue au secours de la comtesse, il était trop tard. L'ombre difforme s'abattit sur elle, l'attrapa par le bras et la souleva de terre, pour faire tournoyer son corps au-dessus de sa tête comme une masse d'arme. Quand la brute s'immobilisa enfin, Clara gisait, inerte, dans une mare de sang. Son bras, sa cotte de maille et son casque, arrachés, avaient volé plus loin.

Ma Clara, ma merveilleuse, ma courageuse Clara était morte.

Sa fin avait été si brutale que j'en restais paralysé. Un autre élément qui n'avait rien pour me remonter le moral, c'était l'apparition pour le moins inattendue de cette créature à moitié humaine lâchée sur le champ de bataille. Je croyais sincèrement que Dick était sagement en Afrique, à attendre mon retour.

Je ne voyais pas comment il aurait pu nous rejoindre, à moins que les Neuf ne se soient chargés de nous l'expédier. Trop heureux de dénicher un adversaire à ma mesure, ils avaient dû le grâcier, pour qu'il me règle mon compte une bonne fois. Maintenant que nous étions tous privés d'armes à feu, Dick devait se sentir parfaitement à l'aise. Sa force bestiale enfin libérée, il allait pouvoir donner toute la mesure de son intelligence humaine.

J'étais encore penché sur ma comtesse adorée, aussi immobile et stupide que les antiques piliers qui nous entouraient, quand la silhouette trapue de Dick fondit sur moi.

Je m'écroulai d'une pièce. Heureusement, le choc me fit sortir de ma stupeur aussi sûrement qu'un coup de pied dans le derrière. La détente de mes jambes envoya valser sa batte et son arbalète. Déjà, il tendait les mains vers mon visage, et il m'aurait sûrement arraché les yeux s'il en avait eu le temps. Mais mes pieds l'attrapèrent au bas-ventre, et il alla voler par-dessus ma tête, pour s'écraser dans le brouillard.

Je ramassai la batte et me relevai, prêt à le recevoir dès qu'il réapparaîtrait. Cette fois, il se catapulta sur moi, les pieds en avant, le corps pratiquement parallèle au sol. Ses membres inférieurs étaient cuirassés de muscles comme ceux d'un gorille. J'eus juste le temps de m'effacer pour éviter d'avoir la poitrine défoncée, mais le choc me désarma et je me retrouvai avec mes seuls poings pour me défendre.

Peu importait, car j'allai valdinguer plusieurs mètres plus loin avant de déraper, dans une dernière pirouette, sur l'herbe gluante de sang où Clara était tombée.

Pendant plusieurs minutes, Dick ne se montra plus. J'en profitai pour me diriger à l'aveuglette vers le pilier le plus proche. Je voulais y appuyer mes pieds, pour prendre mon élan et foncer tête baissée sur le sous-homme – s'il réapparaissait. Il était toujours possible qu'on n'arrive pas à se retrouver dans cette purée de pois, et que notre prochaine rencontre ait lieu sur un autre champ de bataille. Je n'y croyais pas trop. Dick jouissait de toutes ses facultés. Moi, par contre, je n'entendais toujours rien. Toutes les chances étaient de son côté.

La seule solution pour m'en sortir, c'était de préserver sérieusement mes arrières et de faire le moins de bruit possible. Je m'obligeai à contrôler le rythme de ma respiration, qui pouvait me trahir.

Au pied de la masse rugueuse d'une colonne brisée, ma chaussure buta sur un obstacle. Je m'agenouillai pour l'identifier à tâtons. C'était le bras que l'anthropoïde avait arraché à Clara.

L'empoignant dans la main droite, je m'adossai à la pierre. La visibilité n'atteignait pas trente centimètres. Je me demandais si les alentours retentissaient du vacarme des armes qui s'entrechoquent, et si mes alliés m'appelaient en vain à leur secours.

Tout d'un coup, je flairai l'odeur de Dick. Il fallait qu'il soit vraiment très près pour que je la perçoive dans cette atmosphère saturée d'humidité. Lui aussi, il devait m'avoir repéré.

Je balançai le bras de Clara droit devant. Dick le reçut en plein visage à l'instant même où ses mandibules protubérantes émergeaient du brouillard comme la face grimaçante d'un gigantesque fantôme velu et noir. Mais il me décocha un terrible coup de poing, qui faillit me briser le poignet et envoya ma dague valser au loin.

Aveuglé par le sang qui giclait du bras de sa dernière victime, Dick rata son coup. La massue qu'il brandissait me manqua d'un cheveu, et alla se fracasser sur le pilier. Je propulsai mon bras droit de toutes mes forces, et lui assenai un méchant direct, droit dans le ventre, à l'endroit même où je l'avais déjà blessé.

Il se cassa en deux, ses énormes battoirs plaqués sur le nombril. Déjà mon poing s'abattait derrière son oreille. Il vacilla, et comme il tombait à genoux, le tranchant de ma main s'abattit comme un couperet sur sa nuque massive.

N'importe quel homme aurait été définitivement

hors de combat. Lui, il n'était qu'à moitié assommé. Se redressant, il pivota et, mue par un ultime réflexe de karatéka, sa main droite me faucha à la hauteur de l'épaule. Il avait manqué ma tête de peu, et mon bras, qui avait encaissé le coup, resta un bon moment comme engourdi, comme s'il ne m'appartenait plus.

Dans deux secondes j'allais souffrir le martyre. Mais pour l'instant je ne sentais rien du tout. Même chose pour mon genou, que j'avais heurté en tombant et qui, par la suite, allait me faire boiter pendant de longs mois. Mais je ne regrette rien. Ça valait vraiment la peine.

Les jambes fléchies, Dick s'affala face contre terre. Un instant, je crus que c'était la fin. Mais il trouva encore la force de rouler sur le côté, tandis que, mes membres revenant brusquement à la vie, je me mordais les lèvres pour m'empêcher de hurler de douleur. Les yeux exorbités, je regardai Dick se dresser péniblement pour s'asseoir.

Malgré mon handicap, je pris mon élan pour lui balancer un coup de pied sous le menton. Il leva les yeux et, sans bouger, il me laissa traverser l'écharpe de brouillard qui nous séparait, puis il s'affaissa sur le dos, les yeux grands ouverts.

Ça pouvait être une ruse. Lentement, je clopinai sur ma jambe blessée pour l'approcher par-derrière. Il ne remuait plus. Je me laissai tomber près de lui en étouffant un cri de douleur, et refermai ma main valide sur son cou. Lentement, je commençai à serrer. Il écarquilla les yeux; sa langue jaillit entre ses lèvres retroussées. Il roula deux fois la tête sur les épaules, mais ses bras démesurés restèrent inertes, et enfin son gigantesque poitrail s'abaissa une dernière fois pour ne plus se soulever.

Seul le hasard, qui avait voulu que je bute sur le bras de Clara, m'avait permis de le tuer. En toute logique, vu l'avantage qu'il avait dès le départ, c'est moi qui aurais dû me trouver à sa place, terrassé et vaincu.

Je me relevai et tournai les talons. Annoncé par l'explosion d'une grenade, un premier souffle de vent me caressa le visage. La brise s'intensifia brusquement, et j'approchais du centre des ruines quand le voile se déchira, pour me révéler l'ampleur du carnage.

Au milieu des masses d'armes et des arbalètes abandonnées pêle-mêle, des dizaines et des dizaines de corps jonchaient le sol hérissé de flèches. Nulle part je ne vis trace de Murtagh.

Au centre, les bras croisés, sa barbe blanche déployée jusqu'à la taille, XauXaz trônait sur son catafalque de chêne sculpté orné de larges médaillons d'or. Il portait un grand chapeau cabossé, et un bateau noir sur son œil droit. Deux énormes corbeaux étaient perchés sur ses épaules.

A mon approche, ils s'envolèrent dans un claquement d'ailes en poussant des cris rauques.

D'autres cadavres s'amoncelaient au-delà des ruines.

Je m'attardai un instant à côté de mon grand-père. Celui qui avait engendré une interminable lignée de Grandrith, ce vieillard des centaines de fois centenaire qui avait été honoré comme un dieu, sous le nom de Wothenjaz, par les premières peuplades nordiques, puis sous le nom de Wotan, d'Odin et de Woclan, celui qu'on appelait aussi le Fou suprême n'était plus. XauXaz, puisque tel était son titre au sein des cavernes des Neuf – le Grand, en proto-germanique –, avait rejoint ses frères Ebn XauXaz – Celui-qui-est-aussi-grand – et Thrithjaz – le Troisième.

D'ici peu, la brume se lèverait complètement, et les piliers sinistres se dresseraient à nouveau sur la plaine. Bien visibles, apparaîtraient aussi le catafalque de chêne sculpté et le corps de cet homme, qui, malgré ses apparences de simple centenaire, avait vu le jour vers les années – 15 000 de notre ère. On trouverait aussi le cadavre d'une créature que les savants disaient disparue depuis un million d'années. Et tous les autres cadavres, au milieu des armes éparpillées.

A moins que les Neuf ne se débrouillent pour boucler le site le temps de déblayer le terrain, l'histoire du carnage de Stonehenge aurait bientôt fait le tour de la Terre. Son mystère resterait inviolé pendant des siècles. Peut-être même jusqu'au dernier jour de l'humanité.

Connaissant les Neuf, je savais que ceux qui avaient réussi à s'échapper, cette vieille harpie d'Anana en tête, allaient faire en sorte d'effacer jusqu'à la dernière trace de ce qui s'était passé.

D'ailleurs, si je ne filais pas en vitesse, je risquais fort de me retrouver pris dans les mailles du filet qu'ils devaient tenir prêt pour ramasser au passage tous ceux qui feraient mine de s'enfuir.

Je boitillai pitoyablement vers la lisière du site. Il m'avait semblé voir à la faveur d'une trouée de lumière un bon nombre de bicyclettes alignées le long de la clôture. Des engins en plastique, vraisemblablement apportés par Caliban. Si je pouvais en enfourcher une malgré ma jambe blessée, j'avais une chance de m'en tirer. Une fois sur la nationale, j'arriverais bien à dénicher une voiture. Et même si je devais la voler, pas de problème. Ce n'est pas parce que je suis né dans la jungle et que j'ai été élevé par des singes que je ne sais pas comment m'y prendre.

C'est à ce moment-là que, le brouillard se levant brusquement, je distinguai une silhouette familière. Je reconnus immédiatement sa chevelure et sa peau cuivrées, la grande et belle jeune femme qui l'accompagnait, et l'homme à la carrure et aux bras grotesquement démesurés qui les suivait. Pauncho.

A leurs pieds, le sol disparaissait sous les corps de leurs victimes.

Je pressai le pas dans leur direction, mais je dus bientôt ralentir l'allure à cause de la douleur qui me taraudait la cuisse.

Doc s'était retourné. Quand il me vit si mal en point, il courut à ma rencontre.

Pour la première fois depuis une éternité, j'éclatai de rire. Nous étions tirés d'affaire.

Dès notre retour au domaine, je découvrirais ce qui était arrivé à Clio. Et ensuite Doc m'accompagnerait dans les montagnes de l'Ouganda; dans les cavernes des Neuf, où nous ferions ce qui s'imposait.

Achevé d'imprimer en juin 1990
sur les presses de l'Imprimerie Bussière
à Saint-Amand (Cher)

PRESSES POCKET - 8, rue Garancière - 75285 Paris
Tél. : 46-34-12-80

— N° d'imp. 1429. —
Dépôt légal : juin 1990.

Imprimé en France

Lisez-le en Presses Pocket

RENDEZ-VOUS AILLEURS

Mort ! Massacre ! Enfer ! Le carnage m'avait soulagé. Les cadavres jonchaient la savane. Les hyènes s'attroupaient avec un rire joyeux. Je trouvai un petit serpent en train de dévorer un rat. Je les mangeai tous deux et partis soulagé. Pourtant, que de questions ! Savez-vous pourquoi tous les superhéros ont l'air d'avoir trente ans ? Parce qu'ils ont trente ans, bien sûr. Pour trente mille ans, grâce à l'élixir. A la longue, ça pose des problèmes. On ne peut pas conserver indéfiniment sa jeunesse sans introduire un peu de variété dans les rapports sexuels. Ma femme l'a très bien compris. Mais cette fois, je ne pouvais plus avoir d'orgasme qu'en tuant. Symptôme assez inquiétant : mon côté infrahumain n'explique pas tout. Peut-être suis-je manipulé. Depuis combien de temps ? Ma naissance extraordinaire serait-elle le fruit d'une machination ? Et la démence de mon père ? Et mon père lui-même ? Oh, oh, il y a de la bagarre dans l'air. Avec un risque à courir : le monde pourrait bien apprendre l'existence de ses maîtres secrets.

LA JUNGLE NUE

VUE PAR...

PHILIP JOSÉ FARMER !